……是、七峰吧。
這是什麼懲罰遊戲？」
和泉 大和
IZUMI YAMATO
熱愛各種類型的RPG，
在班上被視為是少數的邊緣陰角。

「久等了～」
櫻庭 颯太
SAKURABA SOUTA
現充集團的中心人物。
隸屬於籃球社，個性好，有許多粉絲。

「嗯，抱歉喔。忽然約妳出來。」
小谷 亞妃
KOTANI ASA
結朱他們現充團體的一員。
暗戀颯太。

「把拍過的遊樂設施全都玩一遍，
就這樣來約會吧。」

「欸，是可以啦。」

「如何？有那裡奇怪嗎？」
「不會，很適合妳喔。」

快跟超可愛的我交往吧！
三上庫太
ill. Saine

CONTENTS

某一幕

我的人格魅力可是無止境的喔。

「雖然早就想過了，但我完全沒有感受到大和對我的愛意耶。」
在如同以往未經同意便占據使用的文藝社中，結朱忽然說出這句話。
她有著一頭不至於被老師斥責略顯茶色的中長髮。由於擁有一雙帶著雙眼皮的明亮大眼，讓她看起來略顯稚嫩。
一言以蔽之可以稱得上是美少女的她，因為一些事情而跟我有了交集。
「不需要做那種事吧，我們又沒有真的在交往。」
欸，就如同剛才所說，我們兩人的關係是假情侶。
順利搪塞了結朱時不時冒出的玩笑話後，我將注意力放回電視遊戲上。
「咦~我明明如此喜歡大和，不要說那種冷淡的話嘛~」
坐在身旁的結朱更加自顧自地戳著我的腹部，實在煩人。
如果把她的話當真，就沒有必要做這個女生的男朋友（偽）了。

「而且大和也絕對有意識到是跟我這樣的美少女兩人單獨相處吧？老實說出那份心情就好啦。啊，難不成是害怕被拒絕？不用杞人憂天喔，我可是會很開心的。」

明明長得這麼漂亮，這個致命的自戀個性實在是美中不足。

放著不管的話，她的煩人程度將無限放大，這便是結朱這名女生的特性。

「現在這個時間點就是最棒的直接證明了，還要做些什麼？」

「這個嘛……那就細數我的優點吧。」

稍微思考一下，我也覺得是個妥協點，點頭答應。

適當地說出幾個優點誇獎她，結朱就會滿足吧。

「真受不了妳……知道了啦。」

似乎把暫停電視遊戲當成我的回應，結朱瞬間露出笑容。

「很好很好，終於直率多了。那麼，說說看吧！喜歡小結朱哪一點大排行！

首先從第一百個開始！」

「一百個!?跟我想像的差很多耶！」

「你在說什麼啊。你面對的可是頭腦聰明、擅長運動、外貌無瑕、溝通能力超好的我的優點吧？有愛的話隨隨便便都能說出百個吧。」

「妳是強烈需要誇獎的怪物嗎！怎麼可能擠得出來！」

聽到我的悲鳴，結朱深深地嘆了口氣並聳聳肩。

「哀……真是的，連真誠誇獎都做不到真是讓人嘆氣。就是因為這樣大和才會不管經過多少時間都交不到半個朋友，被人說是個有溝通障礙的陰沉邊緣人，還不懂約會喔。」

「傳得這麼難聽，搞得我好像做過什麼壞事一樣……不過其中摻雜了妳的個人意見吧？」

真想說不要在他人的意見中加入自己的怨言啊！也想說妳也一樣不擅長約會吧。

「話說回來，妳也舉出我的百個優點啊。」

我一回嘴，結朱愕然地搖搖頭。

「咦，我才說不出來。再說你也不是有百個優點的人吧。」

「無法反駁這個悽慘結論啊！超差勁的回覆啊！」

「對吧。就算是我這個世界上最愛大和的人，頂多能說出兩、三個。」

「真虧妳可以把那種人當成世界上最愛的人呢!?我反而更想知道妳是如何萌生出如此強烈的愛意！」

「喔喔，想知道嗎？那就開始吧，喜歡大和哪些地方排行榜！第三名，『既無益也無害的安全男人。』」

「入選的只有三個!?如此艱難舉出的是銅牌嗎？到底有多稀缺啊，我的優點！」

「第二名是『即使待在一起也不用擔心，簡單說就是無害』。」

「跟第三名一樣才稱不上是排行!?荒誕的假計分就在我眼前上演啊！」

我的優點實際上根本只有兩個了吧？我到底是怎樣的人啊！

「接著來到光榮的第一名！『擁有非常可愛的女朋友』！」

「結果，還是回到自吹自擂嘛！而且因為這個第一名，我所謂的優點就只有無害而已啊喂！」

根本和稻田上的稻草人同等級。不對，能驅趕烏鴉的稻草人說不定更高一階。

「如何？你明白我愛上你的理由了嗎？」

「只有越來越疑惑啊……」

結果，除了知道結朱超級喜歡自己本身的情報外，什麼都沒有傳達給我。

總覺得徒勞度過了一段很糟糕的時間。

「算了……」

邊被謎樣的徒勞感包覆，邊深深嘆了口氣後，我打算繼續玩電視遊戲。

「好啦好啦，不要生氣嘛。」

說完後，結朱像是想到了什麼，滿足地笑了，並將頭靠上我的肩膀。

「……做什麼？」

因為有點害羞，我一邊迅速移開看著結朱的視線，一邊詢問，她近距離地抬頭看我。

「像這樣，兩個人聊些無關緊要事情，是我最喜歡的時候喔。那是喜歡大和的地方第一名。這樣也不行嗎？」

意料之外的話語，讓我不禁一陣心動。

「也、也不是不行……」

從肩膀處感受到結朱的體溫以及淡淡的香味。

放學後的文藝社，沒有其他人，僅屬於兩人的空間。

話說回來，我還沒說出任何一個喜歡她的地方。

再怎麼樣都該說出一個才對。

我深吸一口氣後，開口道：

「那個，我啊——」

「啊，這時候果然該有眼色地說出有女友就是你的最佳優點對吧！哎呀～我的人格魅力可是無止境的喔。」

「氣氛都被搞砸啦！」

瞬間洩氣，我決定不管結朱再次玩起遊戲。

我跟這個天下無敵的自戀狂到底為什麼會交往呢。

關於這件事的前因後果，且聽我娓娓道來——

序章

關於角色扮演遊戲的魅力。

大家知道RPG這種類型的遊戲嗎？

主角跟夥伴一起展開冒險，提升等級，歷經眾多試煉後打倒強敵拯救世界危機，是我最喜歡的遊戲類型。

這種遊戲哪裡好，好在跟其他人沒有關聯。

跟那種需要將活人當成對手的對戰遊戲不同，努力必有回報，也不用你死我活地互比優劣。

因我而在的冒險。

因我而在的故事。

只因我而在的世界。

在那個世界中，我能扮演不同的角色而活下去。

沒錯，角色扮演遊戲如同其名，可以扮演不同的自己。

有這麼一句話，說人類讀書是為了反抗只有一次的人生，ＲＰＧ也正是如此。

遊玩ＲＰＧ，就是為了對抗只有一次的人生，也為了對抗構成大半生中那些無法由自己自由選擇的經歷。

話說到此，應該也明白這個類型的絕妙之處了吧？

——不過，即使是這種絕讚的遊戲，也有一個瑕疵。

簡單來說，如果要扮演不同的自己，也不用特地進入遊戲中，在現實裡誰都可以辦到。

舉例來說，面對無聊話題時需要饒富趣味地搭話。

舉例來說，看到討厭的對象要露出笑容。

舉例來說，不正面直對覺得是錯的事情。

這時候並不存在『自己』這個人。也沒有『自己』這個意志。

存在的是，沒錯，只有『同學Ａ』或『路人Ａ』。

任何人都要扮演這個角色，從這個不講道理世界的惡意中保護自己。

所以，我是這麼想的。

青春這個角色扮演遊戲，大家都在扮演某個角色。

為了讓美好的青春物語順利進行，誰都在扮演成某個人——

一章 喜歡喜歡你的我

「雖然並非我的本意，但請和我交往。」

放學後的體育館內，響起明朗的少女聲音。

七峰結朱。

她在班上相當醒目，簡單來說就是金字塔頂端現充這類的人，自從就讀高中半年以來，從未跟我交談過。

這樣的人突然以一封信約我出來，沒想到是這樣的告白。

可以明白我的疑惑吧。

該怎麼說，很困惑剛剛的話稱得上是告白嗎？

「……妳是七峰吧。這是什麼懲罰遊戲？」

最先想到的是，現充團的懲罰遊戲。

有幾個現充夥伴在暗處用手機攝影，以看熱鬧的心態看我完全上當並說出OK，這種惡趣味的玩笑。

當我稍微窺視四周時，七峰露出難以明白本意的笑容。

「怎麼會，你該不會以為我是那種幼稚的人吧？」

雖然她嘴上這麼說，但我實在難以相信。

不是我自誇，我可沒有那種能夠讓人一見鍾情的外表，而且同班半年了才一見鍾情也很奇怪。

「那麼，認錯人了？」

「應該沒錯喔。你是和泉大和吧。跟我同班，偶爾四目相接時下意識會露出笑容的關係而已，從沒有單獨說過話。」

「……沒錯。」

這樣一來，更不懂這個告白的企圖。

看到我的訝異，她苦笑著再次解釋。

「看來你不相信呢。不過是真的喔。這個不可思議的告白完全是出於我自己的意願。」

「總覺得聽到完全沒有愛意的句子。」

如果這是害羞還是緊張那我還懂，然而現在只感到不可思議。算了。總而言之大致確定這並非充滿酸甜感的青春事件。

「總覺得有隱情呢？而且不是好事，但還是想要知道自己被捲入什麼事情中。說吧。」

直接把話說破，應該能更快結束對話早點離去。

抱持這種想法並詢問後，七峰卻意外地輕易就表明來意。

「大和在班上有朋友嗎？」

「沒有。」

「竟然馬上回答。」

七峰露出有些呆愣的表情。

跟像她這種現充相比，我可是孤獨的陰沉角色。

正因為如此，才無法理解為何被告白。

「這樣啊。也難怪你會難以理解……那個，大和覺得會被周圍的人討厭的人，是怎樣的人呢？」

「當然是煩人的傢伙吧？不懂得察言觀色，或是無法順利接話的人。」

「就男生來說可能是這樣。不過，對女生來說還有一種人會被討厭喔。」

七鋒豎起食指嚴肅地說著。

「咦？哪種人？」

我稍微被勾起興趣催促她繼續說，她不知為何露出得意的笑容。

「那就是，可愛的女生。」

「……可愛的女生？」

「沒錯。更準確地說，是可愛，性格又好且擅長運動還朋友多，完全沒有缺點的人喔。也就是說像我這樣的女生。」

「真虧妳說得出口。」

由於她太過自信滿滿地斷言，讓我十分訝異。

「我對事實可是很坦率的喔。」

七峰毫不難為情地露出微笑。

不過，很快就困擾地皺起眉頭。

「但是啊，這樣完美的女孩會遭到周圍的人嫉妒。你想，就像是太陽很明亮又很便利，但靠近的話就會很痛苦嘛？就像那種感覺。」

竟然把自己比喻為太陽了，也太敢說。

「……這樣啊，我已經非常明白妳是個超級自戀狂了。」

即使明白她可能聽不進去，但還是挖苦道。

只是，果然毫無效果，七峰認同地點點頭。

「欸，聽到這也難怪你會這樣判斷……反正出現一點麻煩，必須下點功夫盡快降低現充等級才行。」

「咦？」

「然後啊，我覺得最簡單快速降低女生現充等級的方法，就是『男朋友很土』喔。」

「因為如此所以要利用我啊。我啊，就像是裝備後會等級下降的詛咒道具呢。」

微妙地讓人不快的選定理由。

看出我的失落吧，七峰稍微慌張地伸出雙手安慰我。

「沒有啦，我沒有要戲耍你的意思。只是，這對雙方不都有好處嘛。」

「對我有好處？怎麼，可以讓我做色色的事情嗎？」

「啊，沒那種事喔。盡可能禁止接觸。我啊，可是很守身如玉的喔。」

乾脆俐落拒絕，雖然早就猜到會這樣。

「那好處是指什麼？」

「你想嘛，男朋友很土的話會降低女子的現充等級，相反的，女朋友很可愛的話會提高男生的現充等級喔。」

「欸，是有可能。」

交個能夠向他人炫耀的可愛的女生，也算是一種地位表現吧。

「對吧？所以啊，如果能夠跟我這種可愛又完美無缺的女生交往，大和或許會被大家另眼相看吧？也能交到朋友，每天都能過得很充實，美好的生活等著你喔！」

「跟可疑的網購商品一樣……」

詛咒道具跟可疑網購商品配成對。某種意義上真是絕配。

「對吧？對雙方都有好處。所以再次拜託你，請跟我交往！」

「才不要。」

這次毫不迷惘，果斷拒絕。

「為什麼嘛～」

沒想到會被拒絕吧，七峰不滿地鼓起臉頰。雖然就外表來說真的非常可愛，

話說如果不覺得自己很可愛的話，是做不出這種舉動的。

「因為，妳又不喜歡我。」

「當然。硬要說喜歡你哪點的話，就是喜歡喜歡你的我。忍受苦行的我好棒啊，這種感覺。」

「妳真的超級喜歡自己呢……不過，抱歉啊，我沒想過要提升現充等級，不用妳管。」

我轉過身，準備馬上回家而邁出步伐時。

「哇，我沒想過你真的會拒絕。年輕男生的話，會想就算只有表面交往，之後說不定有機會可以更進一步吧？你想想看嘛，是跟我變得親密的好機會喔～？」

「容我慎重拒絕。」

我頭也不回地拒絕，加快步幅。

「唔……可以聽聽你的理由嗎？」

被這樣詢問，我停下腳步。

思考著該怎麼辦呢，雖然是假的但好歹有跟我告白。

最少，身為拒絕的一方要有最低限度的禮儀。

我轉過身，慎重地告知理由。

「正在玩的RPG快進入結局了，我想早點玩到結局。」

「R……PG？」

無法理解吧，七峰呆愣地重複我的話。

欸，我也不打算詳細說明。人情已盡，回家吧。

「掰啦，七峰。雖然由我來說不太恰當，妳的話很快就可以找到替代品的。」

揮揮手，我再次邁出腳步。

——強大的魔王阻擋在我面前。

是個披著黑色斗篷的彪形男子。從骷髏面具中可以看到燦爛閃耀的赤紅瞳眸。他的魔力足以破壞萬物。

憎恨人類，為了毀滅人類而揮舞其力的怪物。

時而戰敗，時而擊退，是於世界各處與我展開激烈爭鬥的宿敵。

而今天，和他一決勝負的時刻終於到來。

「啊，可惡，這種時候竟然無法使用那個魔法，在冷卻期嗎……!?」

由於太過投入，我邊自言自語邊操控搖桿。

主題曲的交響樂流瀉的期間，專心應付敵人的攻擊。

「好，施加防禦 buff 了。」

我總算讓角色隊伍重整旗鼓，對魔王展開總攻擊。

敵人的體力條迅速下降。

還差一點……！差一點點……！

緊張的戰鬥看似勢均力敵，但勝利已漸漸向我傾斜。

最後，魔王的體力終於歸零。

「好耶！」

我不禁擺出勝利姿勢。

魔王殘留下臨終怒吼後逐漸消失，開始播映片尾曲。

暢快的疲勞感與成就感，再加上看見 Happy End 的感動，內心相當滿足。

「真是個好作品……」

我向前傾伸展背部，聽見脊椎骨喀喀喀的舒暢小聲響。

邊品嘗著破關的餘韻邊看著結局以及工作人員名單，當看到『END』三個字時，我神清氣爽地躺下。

看了看時間，已經是凌晨三點。

明明隔天還要上課，太過投入了。

ＲＰＧ果然棒。對這個主角投入情感，以及拯救主角居住世界的成就感，有種特別的幸福感。

「雖然還想沉浸在破關喜悅中，但該睡了。」

話雖如此，精神狀況尚未從拯救世界的興奮中冷卻，不知道睡不睡得著。

我拿起手機，打算在興奮平息前打發時間。

閱讀網頁五分鐘後，或許是ＲＰＧ成癮的關係，等我察覺時已經逛著遊戲商城。

「啊，這個遊戲出二代啦……機會難得買下吧。」

看到之前玩過的遊戲出了續篇，便下單購買。

接著，確認購買頁面上常有著『買了這項商品的人也推薦此商品！』的廣告，突然看到某個注目遊戲。

「『機器破壞者２Ｒ（two-r）』啊……」

機器破壞——機器破壞者是我小學時流行的ＲＰＧ系列。

這系列雖然有改編為動畫跟漫畫等眾多衍生商品，但隨著主角換人，人氣漸漸衰落，最後不再受歡迎。

不過，數年前推出的『機器破壞者２Ｒ』至今仍享有名作的盛譽，再加上生產數量稀少，以高價在市場上流通。

「挖賽，竟然要三萬五千日幣。比上次看到時更貴了。」

對我來說，由於情懷跟名作評價，非常想要遊玩的遊戲，但再怎樣，這價格對一介高中生來說根本天價。

三萬五千日幣的話，可以買下多少款遊戲呢……唔嗯。

從一年前開始就不斷糾結的心情，今天也是一樣。

「……等便宜一點再買吧。」

最後，如同先前一樣糾結完畢後，我將身體交給漸漸襲來的睡意，閉上眼。

隔天。

如同預料，我稍微睡過頭，比平常還要晚的時間去學校。

沒辦法，這就是拯救世界的代價，我甘願承受。

以稍微奢侈的心情走在無人的上學道路上，在快遲到前順利跑進鞋櫃區。

接著打開鞋箱時。

「……嗯？」

似乎有什麼像是信件的物品放在室內鞋上。

是醞釀著女孩氛圍的淡藍色便籤。

雖然有不好的預感，但也不能放著不管便閱讀內容。

『挑戰狀（love letter）！今天放學後，我會在跟昨天一樣的地方等你！你未來的女友留』

「真不想去……」

一瞬間浮現那個麻煩女人的臉，一早心情就非常低落。

不過，不去的話總覺得情況會變得更麻煩。如果無視那個魯莽的自戀狂不知道會引起什麼反彈。

比起拖延不如迅速解決，對精神狀態還比較好。

我深深地嘆了口氣，將信收進書包內，邁出腳步。

踩著沉重步伐來到教室時，迎接我的是熱鬧的氣氛。

因為比平常較晚抵達，全班同學似乎都到了。

在這氛圍中，我走進教室，沒有任何一個人跟我打招呼。

只有少數幾個人投來一瞥，在確認是我後便移開目光。

這就是邊緣人的清爽日常景象。

……不過，我不經意察覺在這些投來的視線之中，有一道別有意味的目光。

是待在現充集團中心，正開心地跟朋友們說話的七峰結朱。

她看了我一眼並露出別有意味的笑容後，迅速移開視線。

「果然是那傢伙……」

懷著咂舌的心情坐到自己的位置上。

原本想拿出手機閱讀電子書……但或許是在意剛剛的視線，意識很自然地被現充集團的對話吸引。

「那個，颯太也太晚了？還是又在晨練？」

聽到的是，跟七峰同個集團的另一名女生的聲音。

她用指尖捲弄著染成亞麻色的長髮，頂著一張化妝的明亮臉蛋，四處張望著似乎在找誰。

我記得她似乎叫小谷亞妃吧。雖然沒跟這傢伙說過話，但因為是個醒目的女生，很自然就記得名字。

「對啊。他為了成為正式選手而幹勁十足呢。妳想，三年級都退役了嘛。」

同集團的某個男生回答女生的疑問。

「嗯哼……難怪最近約他，他都說不方便。」

小谷有點不滿地嘟著嘴。

見狀，七峰拍拍小谷的背，激勵她。

「等颯太成為正式選手，我們去球場幫他加油吧。亞妃去幫他加油的話，颯太會很開心的。」

「是、這樣嗎？」

聽到七峰的話，小谷害羞地支支吾吾。

「唔哇……」

由於互動太過耀眼，我不禁呻吟。

不妙，直視了現充們歡快的青春戀愛故事。太過耀眼都快失明了！

輸給了主張著青春劇主角般的光輝，我再次看向手機。

「話說回來，小結朱，妳昨天拜託我的事都準備好了喔。」

「真的？謝謝喔，啟吾。很辛苦吧？」

「不會的，學長剛好有……不過滿意外妳會想要這種東西。自己要用的嗎？」

「不是。稍微有點事。」

即使眼睛看著手機，還是很自然地聽進些對話。

……不過、啊。

七峰這傢伙，完全看不到昨天的自戀樣。

是個能夠顧慮他人的普通女生。

唉，如果跟周圍的人展現那種強烈的個性，即使不喜歡也會有些八卦傳入我的耳裡才對，既然沒有，就表示她毫無障礙地完美掩飾呢。

「……隱藏得很好呢。」

我嘆了口氣，戴上耳機聽起ＢＧＭ。

接著來到命運的放學後。

我在教室內等到全班同學都離開後，仍猶豫著到底要不要前往，最後放棄抵抗前往約定場所。

從體育館中傳來努力於社團活動的學生的聲音，以及球體在地板上彈跳的聲音，跟希望有個波瀾不興青春的我有著鮮明的對比，充滿活力。

她就在，這個充滿活力設施的裡頭。

「……嗨。」

我一向那個女生搭話——七峰注意到我，生氣地瞪著我。

「太～慢了！是要讓我等多久啊！」

「抱歉啊，放學時的班會稍微拖了點時間。」

「明明是同一班！」

覺得大概有百分之一的機率可以騙過她，果然還是失敗了。

「……因為是班上數一數二的超級美女給的情書，需要多點心理準備。」

「嗯，那原諒你。」

「這樣就原諒喔。」

用超棒讀的方式訴說第二個藉口，竟然順利過關。

面對沮喪的我，七峰一改剛才的氣憤，心情變好地挺起胸膛。

「也是啦！被我告白可是青春的一大要事！可以自豪喔？」

「萬歲，真感動。好了，找我做什麼？」

再繼續閒話家常下去會很痛苦，快速進入主題。

七峰也覺得是時候了，點點頭，從包包內取出紙袋。

「這個，打開看看。」

「……什麼東西啊。」

我一邊警戒，一邊收下她遞來的東西。

那是個用樸素的咖啡色紙袋裝著的物品。光看這個紙袋的品味，就知道不是七峰準備的。

應該是今早在教室時，男學生給她的吧。

「好啦，打開打開。」

七峰像是準備惡作劇的小孩般躍躍欲試地催促著。

我戰戰兢兢地遵從指示，拿出裡頭的東西。

下個瞬間，我不禁雙眼圓瞋。

「這、這個是……！」

復古紙盒上有著動漫風的封面，還有看過好幾次的標題。

「是……『機器破壞者2R』……!?」

是我一直想買卻買不下手的經典懷舊遊戲。

即使內心動搖，我還是打開紙盒確認內容。

接著，裡頭放著的正是機械破壞的軟體。

「為、為什麼妳會有這個……」

難不成，跟我一樣是RPG愛好者……!?

正想說自己意外地找到同好者時，七峰的回答，卻是背叛我期待的答案。

「呼呼呼，是透過朋友的人脈所準備的喔。如何，是不是被我的人面之廣嚇到啦？」

七峰一臉得意。那副令人討厭的神情讓我從震驚中恢復，一個深呼吸後，加深詢問。

「……喂，這是怎麼回事，說詳細一點吧。」

「沒問題喔。」

似乎明白我有討論的意願，七峰帶著滿足的笑容點頭。

「首先，昨天被你甩了之後，我就開始認真調查你的事情。話是這麼說啦，也只是跟朋友打聽不少你的情報而已。不過啊，很辛苦呢~大和真的很疏於經營人際關係呢。因為這樣，光是要找到認識你的人就花了很多心力。」

「還真是多謝關照啊。」

即使說出心底的不滿，七峰仍一副無所謂地繼續說道。

「然後，在許多努力下，總算找到了大和的國中同班同學，聽說你很想要這個遊戲。」

「……原來如此。」

大概知道是哪幾個人。記得在考試的時候有說過幾句。

「接下來就簡單了。我再利用更龐大的人脈，找出有這個遊戲的人並請他讓給我。以上，說明完畢。」

炫耀自己的成果般，七峰總結話題。

怎麼說，真不愧是現充大大。只用了一個晚上就解決了我無法處理的問題。

就像RPG，比起單挑魔王，找齊夥伴一起挑戰更有勝算。

有許多能夠調動的人，就會形成巨大的力量。

所以世間常言，高交際力極為正義。

我嘆了口氣，死盯著身為正義中的正義的少女。

「……那麼，拿這個來引誘我，是要我做什麼？」

我板著一張臉退回「機器破壞」，再次詢問。

這時，七峰不顧再次失敗仍露出自信的笑容，再次開口。

「要求當然跟昨天一樣。」

也就是說，為了降低現充等級而跟我交往嗎？

雖然明白理由，但還是有所疑問。

「……為什麼選我？更容易說OK的傢伙應該多得是吧。花這麼多心思執著在我身上的理由是？」

只有這點尚未明白。

想跟七峰交往的男生多得是，排起隊來肯定拉成長龍的長度。

可是，實在難以明白如此費心選我的理由。

試圖明白七峰的真心而觀察她的表情時，她為了展現誠意，難得露出認真表情。

「理由有好幾個……首先最主要的，大和是個鮮少與他人來往的人，這樣省掉很多麻煩吧。你想，不會帶著我到處跟朋友炫耀嘛。」

接著，七峰繼續說道。

「如果拜託真的喜歡我的人這種請求，馬上會變成很殘酷的事情吧？所以最好是對我沒興趣的人囉。老實說，昨天被拒絕時反而更覺得你是理想人選喔。」

欸，原來如此。的確到了七峰這種等級，要找到一個不喜歡自己也不會喜歡上自己的人才更難。

這樣一來，候選人自然有所局限。

或許是覺得這份說明已說服我，七峰清了清喉嚨，再次露出微笑。

「因此重新來過。雖然並非我的本意，但請跟我交往。」

跟之前一樣附上一句沒必要的話，七峰說出同樣的告白。

……老實說，想拒絕。

不是對她不滿，在班上能爭個一、二名位置的現充女子的男友是我這樣的人，百分之百被用奇怪的眼光看待。

但是——但是啊。

如果錯失這個機會，這款遊戲有可能再也不會落入我手中。

…………好，就當作打工吧。

經過一段時間整理心情後，我嘆了口氣並回覆她。

「……雖然並非我的本意，但還請妳多多指教。」

——就這樣，愛情為百分之零的情侶就此誕生。

謠言瞬間傳遍。

這也是理所當然。班上的男生，有兩成單戀著、七成被告白後馬上會說OK、剩下的一成還在糾結著自己的真實心意，有著如此傳聞的七峰結朱竟然交了男朋友。

而且，對象還是和泉大和。

班上的兩成的人疑惑『他是誰？』，七成則是毫不關心『啊～好像有這個人。』，剩下一成則是會毫不留情地說出『為什麼那傢伙總是一個人看著手機啊』這種事實，這種陰角中的陰角。

這樣巨大的落差，不可能不成為話題。

因為交往的關係，我的平穩校園生活，瞬間變得如坐針氈。

「唉……真不想去學校。」

早上要去學校時，我不禁低喃。

這種心情，從罹患五月病以來還是第一次。

接受告白的兩天後。

昨天，七峰很乾脆地跟周遭暴露我們的關係，因為害班上陷入混亂，所以被處以質問之刑。

由於我太過影薄，又巧妙地四處竄逃而沒有變成靶子，但今天恐怕很難逃脫。

「……在他們乏味之前，七峰都狂被逼問呢。」

這樣一來，追求新鮮刺激的大眾很自然地會將矛頭轉向我。

「早安，大和！」

心情越發鬱悶時，突然聽見前方傳來有朝氣的招呼聲。

站在眼前的，不出所料是七峰。

「……早啊。」

給了一句沒精神的回覆。

不用驚訝，我們之前就說好要會合了。

「什麼嘛～都見到女朋友了，更開心一點啊～」

七峰嘟著嘴，用拳頭輕敲著我的腹部。

在旁人的眼裡，這種互動很像是小倆口的打鬧吧。

「好喔好喔。今天也能一早就看到可愛女友的臉，我真是個幸福的人呢。」

姑且回應要求，說出開心的話語。七峰卻失望地靠近我。

「……別這樣啦。我有好好支付報酬，要認真演啦。遊戲可是成功的報酬，失敗就不能給你喔。」

七峰以幾乎是在耳邊吐氣的距離下低喃著。

被突然地靠近，還有傳來的淡淡髮香，讓我不禁心臟狂跳。

「我、我知道了，快退開，七峰！」

面對發出沙啞聲音而拉開距離的我，七峰愣了一會兒後，露出狡詐的笑容靠了過來。

「喔……喔喔喔，明明一副對我沒興趣的樣子，卻小鹿亂撞呢。吶吶，我可愛嗎？有心動嗎？是不是打算假戲真做啦？」

「只覺得妳比想像中的更煩！」

面對在近距離還故意怯生生仰望著我的七峰，我奮力地退開一步。

「不用害羞嘛～來來，靠近一點嘛。」

七峰一臉得意地對我招手。這傢伙真令人火大。

「醜話說在前頭，我對妳這個人沒興趣。只是妳長得漂亮，忽然接近而導致生理現象產生心動感而已。我動心的只是妳的臉跟身體罷了，把這幾點記在心上吧。」

「哇賽，這是最不可以對女友說的話耶！你這個爛男人！」

就算是七峰，也被我這段道德淪喪的發言逼退了。

「總之，有人時我會妥當配合，不要鬧得太過頭了。」

我一邊說著一邊跟七峰回到原先的距離。

是無法耳語，大概能肩並肩的距離。

這樣的話看起來就像是在交往。

「好～真是的……沒想過演都演了乾脆開心地度過嗎？」

「就是想過啊，才要避免沒有必要的接近。」

「……那種話，聽起來像在說跟我在一起不開心呢。」

七峰斜眼瞪著我，我無言地聳聳肩。

「失禮的男人呢，嘿！」

七峰再次握拳，朝我的肩膀打起組合拳。

「投降投降。是我錯了。能跟七峰小姐在一起是世上最快樂的。」

「嗯，明白了就好。」

看到我屈服，七峰滿足地笑了。

雖然對於卿卿我我的情侶狀態感到害羞，但在這樣的距離下對話，心中感到微妙地舒暢。

情投意合……應該不是這種狀況吧。

純粹是，七峰很擅長跟人交際。

似乎有點明白，為什麼這傢伙能成為團體的中心。

「啊，對了大和，之後稱呼我為結朱吧。我們原本就是充滿違和感的情侶，要是再露出點破綻，謊言很容易被拆穿。努力讓人覺得我們僅有的那點愛意吧。」

「好，的確，我會留意的。」

我點點頭，再次往前走。

……但，不知為何一直從旁邊傳來熱情的視線。

「盯……」

而且，還故意把行動聲音化。

「……又怎麼了？」

由於無法忍受那種奇妙的氛圍而開口詢問後，七峰含情脈脈地仰頭窺視著我。

「這種時候，不就應該實際叫我的名字看看。」

「這種流程，有必要嗎？」

「這是重要的既定流程。」

因為七峰過於認真地說著，我也跟著在意。

既然是既定流程那就沒辦法了。

我深吸一口氣，看向直盯著我的七峰。

「……結朱。」

本來覺得不是什麼難事，實際說出口卻比想像中羞恥。

但，七峰——不對，結朱聽到我的話後，瞬間笑開。

「嗯！感覺很棒，大和！」

「多謝啊。」

我既害羞又生硬地移開視線。

……真是的，跟女生交往比想像中還要麻煩呢。

就這樣兩人一起來到學校後，果然教室中的視線便刺了過來。

「早安～那麼，大和，等等見。」

「好。」

我們揮揮手，各自走向自己的位子。

平常的話，視線會在這個時間點停下，但今天即使我坐在位子上看起手機，刺人的視線感依然沒有消失。

「呦，和泉，你在看什麼？」

不僅如此，還有人來到我的桌前跟我搭話。

抬起頭，眼前站著一個看似社交力極高的男學生。

是跟結朱同一個團體中的男生之一，名字是……那個，生瀨？是叫這個吧。

不用說，也是不曾跟我說過話的人。

「……是電子書。」

「嘿～哪種類型？小說？」

「現在看的是《科學怪人》。」

「啊～那個有名的作品！那本書到底在說些什麼？」

我完全沒打算繼續對話，只回應句點式話語，但生瀨仍順利把話接下去說。

真是棘手的傢伙。

「故事說怪物殺了製作出自己的親人跟他老婆。」

「咦，有那麼血腥殘虐？真的假的，感覺很有趣。我也看看好了。」

我知道說出這種話的人絕對不會去看。

所以我也沒有硬是接話，等著他進入正題。

「話說回來，和泉，聽說你跟結朱在交往是真的嗎？」

應該是覺得對話快終止了吧，生瀨在場面變得沉默之前切入重點。

「沒錯。是聽結朱說了吧？」

看到我爽快地點頭，生瀨驚訝地睜大雙眼。

「哇，是真的喔。我還以為小結朱在開玩笑。」

「欸，我明白你心情呢。畢竟我們似乎沒有交集嘛。」

我硬是觸碰生瀨的疑問核心。

與其含糊回答產生猜疑心，倒不如全盤托出，之後比較輕鬆。

「沒錯，就是這樣。你們兩個到底在哪裡變得親密的？」

「偶然在圖書館遇到啦。因為都喜歡看書，後來就越走越近。」

這是我們之前就說好的戀情開端。

「這樣啊～……圖書館。難怪班上的人都不知道。」

「大概就是這樣。我也沒有打算變成別人口中的話題，也難怪你們之前都不知道了。」

如此回答時，宣告晨會的鐘聲響起。

「啊，糟糕。那麼和泉，再見啦。」

「好。」

生瀨回到自己位置。

其他人也對於他成功訪問我的事情感興趣，坐在他附近的同學小聲地詢問著什麼。

欸，應該有不錯的說服力吧？

一邊因為做完一件要事而感到安心，一邊再次將視線放回電子書上。

接著迎來了午休。

「大和，中午一起吃飯吧。」

我在自己位子上伸著懶腰時，結朱來邀我一起午餐。

在她的懷裡，抱著兩個可愛的便當盒。

「好，知道了。」

再次感覺到教室的視線聚集於一身，我從位子上站了起來，跟著結朱一起走出教室。

然後，在走出教室的瞬間，我不禁嘆了口氣。

「……唉，有夠累。」

「喂，這裡還有人在看，別鬆懈。」

結朱邊戳著我的腹部邊斥責。

「是，受歡迎的人還真辛苦。」

「受歡迎的是我耶。」

「那倒是無法反駁，但邊緣人也是很辛苦的。」

無奈聳肩，但充分感受到平常活在注目之下的現充們的厲害之處。

「好，那要去哪裡吃午餐？」

「總而言之，在中庭的長凳上享用吧。那邊是大多情侶專用的長凳呢。」

「是喔，那我去買個麵包妳等我一下。」

「喂，我說你啊，沒看到這個滿滿手作感的便當嗎？」

結朱像是要彰顯般，要我看看她抱在懷中的便當。

「不，我有看到。妳啊，雖然說還在成長期，但吃兩個便當還是太多了。」

「怎麼可能一個人吃！你啊，女朋友可是帶了兩個便當喔？給我好好想一下啦。」

面對不滿地鼓起臉頰的結朱，我稍微不安地看向她。

「……結朱，妳會做料理喔？我記得妳的家庭技能可是零。」

剛說完，結朱的不滿指數更是增加。

「有夠失禮呢，真是的。告訴你，我對味道可是很有自信喔。」

「是妳母親做的吧？」

「為、為什麼會知道？」

或許是動搖了，結朱表情僵硬地仰望我。

「猜中了啊……」

我不禁愕然，她不滿地辯駁。

「的確是母親做給我的！但我也有幫忙喔！」

「這樣啊。具體上是做了什麼？」

「試味道！」

「就這樣!?」

「以及，選了便當樣式！」

「對味道毫無貢獻嘛！」

「還有把便當帶來學校的也是我！」

「的確是這樣！也只有妳會來學校吧！妳能扮演的角色也只有這樣而已！」

試著回以一連串的正論，或許是無法反駁了吧，結朱喪犬般地呻吟著。

「……哼。又沒有必要真的手作便當～只要周圍的人看來是完美的手作便當就好～」

啊，鬧彆扭了。

「好啦是我的錯。妳特地幫我準備午餐還唸妳是我失禮了。還請消氣。」

我想避免在這樣的氣氛下用餐，所以屈服了。

「嗯，還是有好好地崇拜我，那就原諒你。」

就這樣，結朱也爽快地恢復心情，馬上原諒我。

接著我們穿過鞋櫃處，兩人朝著中庭前進。

這時候。

「……那個，我一直都很喜歡你！請跟我交往！」

中庭旁邊走廊的方向，傳來某個女生的尖銳聲音。

不禁停下腳步，我跟結朱面面相覷。

屏氣凝神地窺探，看到在校舍的死角位置，有一組男女。

看來是遇上了告白場景。

真糟糕，這樣不就是偷窺。這可不是什麼好興趣，快離開吧。

「……對不起，我，已經有喜歡的人。」

但，在我轉身離開之前，男生就已經有所結論了。

「這、這樣啊。嗯……對不起，忽然說這種話。」

「不會……」

有夠尷尬的氣氛。

不過，女生感覺從一開始就知道會有這種結果的覺悟，幾次深呼吸後，發出帶著逞強的明亮聲音。

「這樣啊。啊哈哈，欸，本來就覺得不會成功。那個，之後還可以當朋友……嗎？」

「啊，當然可以。」

「……嗯。謝謝，那我，先走囉。」

「嗯。」

接著，女生從走廊回到校舍中。

委婉拒絕，是指這個吧。

既然告白失敗了，心理不可能不受傷，但似乎還有保留面子的餘力。

無論如何，快點離開這裡比較好。

我向結朱使個眼色，催促她快點朝中庭移動。

但，在那之前，結朱就朝著走廊走去。

「哎呀～聽說中庭的長凳是情侶專用呢～我也想過如果交了男朋友就要來這裡試試看。」

而且，還故意大聲說著。

還來不及思索這傢伙到底在想什麼啊，就已經晚了。

男生已經察覺到我們，訝異地看了過來。

「啊，是颯太啊。在這種地方做什麼呢？」

結朱像是什麼事情都沒發生般，開朗地打著招呼。

太。

完美的裝傻，高溝通力傢伙的假笑能力真強。

笑容完全像是在說「我們剛到這裡喔」，完美的掩飾。

「……結朱。還有，和泉啊。」

男生看到我們後，稍微動搖。

修剪俐落的黑髮，雙腿修長、身形高䠷。而且身材精壯，臉蛋也帥氣。

這傢伙正是班上第一名的帥哥，結朱所在的現充團體的ＢＯＳＳ，櫻庭颯太。

「就有點事，倒是你們，怎麼來這？」

櫻庭也發揮現充能力順利遮掩，態度坦然，剛才的告白宛如從未發生過。

「沒什麼。想說交了男友，打算去試試中庭的長凳，結果碰巧看到颯太。」

結朱不經意地縮短跟我的距離，心情絕佳地秀著恩愛。

櫻庭看著我的臉又看向結朱抱著的便當，像是理解了，邊苦笑邊點頭。

「這樣啊，真讓人羨慕。打擾你們也不好，我先走囉。那再見了，兩位。」

「嗯，拜拜～」

「……喔。」

互相幾句招呼後，櫻庭颯爽離去。

那道背影消失於校舍中後，我靜靜地盯著她。

結朱應該是察覺到我的視線，但她伸出手制止我的詢問。

「等等，我知道你想說什麼，到長凳後再說吧。」

「知道了。」

雙方籠罩在微妙的緊張感中，稍微加快腳步地前往中庭長凳處。

雖然按照校規誰都可以使用的長凳，但可能是因為中庭設於以コ字形建造的校舍的正中央，坐在這裡的長凳上會相當醒目。

拜此所賜，不知何時產生一個傳統，情侶會坐在這裡彰顯兩人在交往。

原以為是在我畢業之前都毫無緣分的場所，現在卻和班上第一美少女一起坐在這裡。

「哎呀～第一次坐在這裡還真緊張呢。」

結朱的音調明明開朗，笑容卻有點僵硬。

我也微妙地難以冷靜，在意著校舍的窗戶。

「……也是啦。所以快點解決這件事。」

「啊，對呢。來，便當給你。」

結朱砰地把便當放在我的膝上。

「不，我指的不是這個。」

面對特地轉移話題的結朱，我投以質問的視線。

或許是覺得無法再推延了吧，結朱尷尬地嘆了口氣，放棄掙扎進入主題。

「……欸，告白後直接上前打招呼確實不太好。但，畢竟是個好機會。」

「什麼機會？」

「讓颯太看到我跟大和恩恩愛愛的機會。」

由於不懂這個答案的意圖，我皺起眉頭。

接著，或許覺得自己的說明太過隻言片語，結朱像是要轉換思考般搖了搖頭後，再次開口。

「首先從我向大和告白的理由切入應該會比較淺顯易懂呢。大和知道我平日最常跟哪些朋友在一起嗎？」

「知道。小谷跟生瀨，還有櫻庭。」

「嗯，有時候也會有其他人加入或退出，但基本上就是我們四個人。那麼，你覺得這之中誰最受歡迎？」

「櫻庭。」

並非我是萬事通，純粹是看到今天的告白場景就迅速回答了。

只是，剛好亂槍打鳥打中吧，結朱點點頭。

「嗯，正解。那個人相當受歡迎喔，既帥氣脾氣又好呢。所以……身旁的人，都會被他吸引呢。」

「啊~……原來如此。」

雖然說得很委婉，但大致了解整件事。

也就是說，小谷喜歡上櫻庭了吧。

因為是下意識地察覺到，這個事實並沒有特別讓人訝異。

問題是，為什麼結朱要讓那樣的櫻庭看到她跟我交往呢。

也就是說——

「三角關係啊。」

「簡單來說是這樣。」

結朱表情微妙地肯定我的猜想。

小谷喜歡櫻庭。櫻庭喜歡結朱。結朱跟小谷是朋友。

……嗯，標準的三角關係。

「姑且問問，妳沒有搞錯櫻庭喜歡的人吧？」

「嗯，無意間聽到颯太跟社團的夥伴說到喜歡的人……」

結朱一臉苦澀地回憶著。受歡迎的女生真辛苦啊。

「那麼，結朱為了支持小谷的戀情才跟我交往啊。」

我搶先說出結論後，出乎意料地結朱卻搖搖頭。

「不是喔。我不是那種自我犧牲意識氾濫的善人喔。說到底，這計畫全是為了我自己。」

對於格外無情的回答，我不禁盯著她的眼睛。

她面不改色地回看我，繼續說道。

「要支持亞妃戀情的話，只要拒絕颯太的告白就好。但是——這樣一來我就會失去容身之所。畢竟颯太的粉絲很多，我又是一個完美無缺到讓人討厭的女生呢。你想嘛，我既可愛成績又好運動也不錯朋友還很多耶。」

「拜託不要一再地自誇自賣。不過我了解了，『竟敢甩了我的王子大人，那個女人以為她是誰啊？』，被這樣說很可怕呢。」

「就是這樣。而且極有可能讓我跟在女生中頗有影響力的亞妃的關係變得岌岌可危，一個搞不好，我的地位會變得如履薄冰。」

所以預先建立不被告白的防線。

或者，她想要有個甩了櫻庭時仍可以說服周遭的正當理由。

欸，為了我這種低等的男人而拒絕櫻庭的告白，便可以避開其他人的反感，頂多被貼上選錯人的笨女人標籤。

雖然各有優缺點，與其傻傻地找個帥哥做男友，被貼上『被兩個帥哥喜歡的討人厭女人』的標籤，現在這個決定還比較和平一點。

這傢伙最一開始說要降低現充等級，是為了降低風險吧。

「乾脆跟櫻庭交往不就好了。」

結朱為了維持人際關係，考慮的也太多，害我不禁說出草率的回答。

「別說傻話。那樣的話，我跟亞妃的關係可是會陷入一刀兩斷的戰爭狀態。再說，無法跟不喜歡的人交往吧。」

「咦，在這種狀況下，真虧妳對我說得出口。」

回答跟行動互相矛盾啊。

只是，對結朱來說這個矛盾是容許範圍吧，她毫不慌張地露出狡詐的笑容，並打開便當。

「怎麼會呢？因為我最喜歡大和囉。好啦，給你一個情侶般的『啊～』餵你吃東西吧。」

輕輕拿起筷子後，她夾起母親所做的玉子燒靠近我的嘴邊。

本想拒絕……但坐在這個長凳上的現在，能感受到從校舍窗戶投來的視線。畢竟之前說好，在他人面前要演好情侶關係，我難以拒絕。

「唔……啊嗯～」

即使明白她在戲弄我，我仍勉強地接受這個狀況。

結朱家做的玉子燒似乎是甘味派，軟綿綿的口感與淡淡的砂糖甜味在嘴裡擴散開來。

「如何？好吃嗎？」

「……嗯。味道剛好。試味人員的貢獻滿大的嘛。」

我帶點戲謔地說道，但對於超級自信滿滿的人來說，這種攻擊毫無效果，結朱滿臉笑容地點頭。

「對吧，對吧。連味覺都敏銳，我啊，真是無懈可擊呢。」

已經很習慣她的自我陶醉，我乾脆地無視。

「是。那麼，雖然對超級完美無瑕且非常喜歡我的小結朱很不好意思，能否告訴我，我們分手的具體時間呢？妳周遭的人際關係變得如何才能放了我？」

我一邊打開便當，一邊詢問之後的打算。

「嗯～理想情況是颯太放棄我，跟亞妃在一起。如果不行，維持到亞妃告白

後你的任務就結束了，還有我也會做點什麼。」

結朱也不再笑鬧我，自己邊吃著便當邊給我現階段的計畫。

「告白啊……欸，我還以為對現充這種生物來說，告白跟交往就如同呼吸般簡單，竟然如此費勁啊。」

我直率地說出感想後，結朱不知為何給了我一記白眼。

「你到底把我們當成什麼啊……先說在前頭，亞妃可是非常晚熟的。所以我才會這麼辛苦。」

「咦，明明有那樣的外表竟然？」

獲得意外的情報。

我還以為身為現充的女王大人，應該可以隨意交往或分手之類的。

「不要以貌取人喔。欸，我的話就如同外表般的完美。」

「哼……那，我們推她一把？」

我無視後半部那些毫無根據的臺詞，提案後，結朱也露出笑容點點頭。

「那樣比較好呢。好～現在開始作戰會議喔。」

「了解。」

可能是我對於任何事都以開心為主，這一瞬間，隨心所欲且躍躍欲試的結朱，以及想盡快完成工作獲取報酬的我，兩人的動機達到了一致。

——果然啊，讓颯太看到我們卿卿我我後放棄告白，是最省事的方案。

充分利用午休開會討論後，結朱說出的這段話決定了我們的方針。

接著，迎來放學後。

為了進攻前去籃球隊練習的櫻庭，我們兩人待在放學後的教室，悠閒地打發時間。

「……好想回家打電動。」

已經是放學後一小時了。

被逼著消耗毫無意義的等待時間，我不禁從口中吐出嘆息。

「喂喂，明明好不容易兩人獨處，你怎麼會說出這種毫無情趣的抱怨呢。難得在放學後的教室內跟可愛的女友獨處喔？多享受這個青春事件嘛。」

就是因為我對這種事情沒興趣才選擇我，結朱卻提出任性要求。

為了讓通過走廊的老師無法察覺到，我們並坐在窗邊狹小空間，此狀況微妙地讓肩與肩緊密靠著。

欸，說完全不在意肯定是騙人的，但比起這個，「對結朱小鹿亂撞總覺得很不甘心」的感覺更強烈，產生莫名的疲憊緊張感。

也因為不小心說溜嘴，我的親親女友便生氣了。

「好的好的。能跟可愛的小結朱在一起真是幸福呢。跟上古文課時一樣幸福。」

「意思是無聊到想睡覺嗎!?」

「是說，櫻庭真的會回教室嗎？」

我為了確認作戰的根本詢問後，結朱自信地點點頭。

「嗯，你看颯太的桌子抽屜。那傢伙的手機放在抽屜中對吧，所以絕對會回來拿。」

我看向結朱指的方向，確實看到櫻庭的抽屜裡放著手機。

是放學的班會前在使用手機，老師進教室時慌忙將手機放進抽屜中後，就沒有動過嗎？

「接著，我們如果能瞄準颯太回來的那一刻，兩人演出打情罵俏的樣子就完美了。」

「欸，那樣的話倒沒差。」

說完後，我拿出自己的手機，點開電子書APP。

「啊，兩人談話的時候拿出手機不太對吧～大和，那樣子不會受女生歡迎喔。」

「很不巧我已經交了個超級可愛的女友，不受其他女生歡迎也沒關係。」

我邊搪塞結朱的抱怨，邊看起電子版的漫畫。

這是昨天剛發售的少年漫畫。

「吶，你在看什麼？」

「昨天剛發售的漫畫。」

給結朱看了一眼螢幕後，她似乎感興趣地細品著。

「啊，那個已經出新刊囉。」

「妳知道這部？」

她看起來不像是個喜歡少年漫畫的人，真是意外。結朱依然看著螢幕點點頭。

「嗯，跟啟吾借來看過。」

啟吾……謎之人物登場，這傢伙是誰？

「我先說一下，說的是生瀨喔？」

似乎看透我的困惑，結朱用著狐疑的眼睛看著我。

「不用妳說，我怎麼可能忘記重要的同學的名字。」

「換句話說，不是忘記而是打從一開始就沒記得吧？」

「……您說得對。」

被看透到無言以對。

「大和你真的是……欸，算了。總之快點看漫畫吧，快點快點。」

原本就是緊靠狀態，結朱更加貼了上來。

肩跟手腕，碰觸到的部分柔軟得讓人難以相信同為人類，雖然懊惱卻心動不已。

為了掩飾這種狀況，我把注意力集中在漫畫上。

我配合結朱的步調翻頁，漸漸被故事吸引。

一開始還會跟結朱有一句沒一句地對話，後來著迷於故事高潮不再聊天時——看到『下集待續』時，我們同時吐了口氣。

「哎呀～竟然斷在讓人在意的地方。」

「是啊，下一集發售日是什麼時候啊？」

我打定主意等一下去查詢，我身旁的結朱卻還盯著手機。

「順便問問，裡面還有什麼書呢？」

「沒什麼，就一些漫畫跟小說。」

我這麼說著，準備收起手機，卻被結朱抓住手腕。

「真讓人在意，讓我看看。」

「不要。」

讓其他人看書架的內容，微妙地讓人羞恥。像是把自己的興趣攤在陽光下讓人不舒服，尤其對象是異性更令人害羞。

只是，不知道是想到什麼，結朱的眼睛忽然亮了起來。

「嗯～？難不成，裡頭有色色的漫畫之類的？」

「怎麼可能。」

我可不是會把那種危險物品帶來學校，毫無危機管理意識的男人。

但是，似乎無法說服結朱，她打算搶奪我的手機。

「那麼，讓我看看也沒關係嘛。看我的！」

「嗚哇，休想！」

得想辦法逃離打算奪取手機的結朱的身旁。

「可惡，乖乖交出來啦！」

「誰要給妳啊！」

我仍坐在地上，只能高舉手機誓死抵抗，結朱則以一種由上往下覆蓋過來般的姿勢，試圖奪取手機。

「唔……真頑固呢！」

「妳好重！快下來！」

「不可以說女生很重！」

我後仰著上半身並用一隻左手支撐身體，然而結朱卻從旁把手搭在我的肩上，將體重完全壓了上來。

就變成，用一隻左手支撐兩個人的體重。

「等、真的不行不行不行——啊，完了。」

「咦……呀!?」

姿勢突然崩塌導致我向後倒去，結朱也被牽連順著壓過來。

理所當然，雙方的接觸緊密度極高。

相當於擁抱的狀態——不，可以說是已經抱在一起的狀態。

徹底投入我懷中的結朱，像是難以跟上突發狀況般渾身僵直。

另一方面，完全掌握狀況的我也因為別的理由而渾身僵直。

結朱全身偎在我懷中，她那纖弱肩膀、甜甜的香味，還有略低於我的體溫。

比起那些，因為極度緊密的關係，我意外地能充分感受到『某個』東西，兩個柔軟且膨脹的觸感——

「呀啊……!?等，靠太近了！不要忽然倒下啦！」

結朱終於回過神吧，滿臉通紅地趴在我身上。

「是、是因為妳把體重壓在我身上！是說快點離開，很重！」

我啊，大概也是滿臉通紅。

可惡，近距離看這傢伙真的是超級可愛。不對，打從一開始我就知道她很可愛吧？是說身體比想像中來得色氣！

雖然處在極度混亂下，我還是要她快點起身離開，但不知為何結朱仍維持緊密貼合。

「喂，結朱？」

我好奇詢問，結朱依然滿臉通紅，表情抽搐。

「好、好像嚇到……癱軟了。」

「啥!?」

因為預想外的狀況，我不禁驚呼，而好強的結朱即使陷入混亂仍高聲反駁。

「因、因為！你忽然倒下嚇到我了！回過神時竟然是這麼讓人害羞的姿勢！這樣當然會嚇到癱軟啊！笨蛋！」

「明明就是個現充怎麼對男生這麼沒抵抗力啊！妳不是一直強調自己很受歡迎！」

「沒辦法啊！直到現在都沒找到配得上自己的男生嘛！像我這樣完美無缺的人，要找到和自己匹配的男生可是一大工程喔！」

「在這種狀況下還能自誇，妳這精神力實在讓我佩服！既然如此快總動員妳那與生俱來的精神力快快滾開！」

「做得到的話就做了嘛！大和才是該用男生與生俱來的臂力推開我！」

「做得到的話就做了啊！我才是柔弱的室內派耶！」

我們在超近距離內進行毫無意義的爭論。

替這個狀況畫上休止符的，不是結朱的精神力，也不是我的臂力——而是突然進入教室的第三者。

「我的手機，應該是放在教室吧。」

現身的是，這次行動目標的櫻庭颯太。

「真是的，就夠累的了，還花費……多餘的……體力……」

他走向自己的座位，來到教室正中央時，應該是發現了倒在地上身體交疊的我們，自言自語戛然而止。

「──────」

「──────」

「──────」

三人三種沉默。

接著，最先回過神的，果然是櫻庭。

「抱、抱歉！」

一說完，他馬上拿走手機飛奔而出。

「等等啊颯太！」

結朱試圖解釋而大喊他的名字，但已經太遲了。

櫻庭的背影早已消失在走廊，不管想解釋什麼都沒有用了。

沒想到會演變成這樣的局面……

或許是因為第二次的衝擊，反而讓癱軟狀態恢復正常，結朱搖搖晃晃地離開我身上。

我也跟著撐起身體，拍拍依然愕然地看著教室出入口的她的肩膀。

「欸……就結果來說作戰成功呢。很棒啊。」

在放學後的空教室裡，偷偷地擁抱……不止啊，還是躺在地上的情侶。

不管誰看到都會覺得是發生行為前。

竟然目擊自己喜歡的女生跟她男友準備付諸行動，一想到櫻庭的心情，我實在是於心不忍。

但，那番勉勵對結朱似乎毫無效果，她淚眼汪汪地瞪著我。

「才……………才不好呢！怎麼可能好嘛！啊真是的，糟透了！你說，剛剛我們，就客觀來說看起來像什麼？」

「撲倒男友正準備做好事的超色女友。」

「對吧!?偏偏是我看起來比較積極!?」

欸，完全正確。

「不過妳看啊，達成當初目的了。」

「達成過頭了！你知道過猶不及這句話嗎!?明天起我要用什麼臉去見颯太才好!?絕對會『啊，是在學校準備做那種事的色女』的眼神看著我！」

似乎太過羞恥，結朱雙手掩面，雙腳不停跺地。

「別太在意啦。班上的男生在妳交了男朋友時，早用『已經做了吧』那種眼神看妳了。」

「能不能不要告訴我那種噁心的事實!?糟透了，真的是糟透了……！」

結朱看起來超沮喪，這傢伙非常在意名聲呢。

看她陷入如此失落狀態，我也覺得愧疚了。

「打起精神吧。好不好？明天說清楚講明白不就好了。我如果有機會搭上話，也會解釋沒有在做那種事。」

我如此安慰，結朱似乎終於整理好思緒，深呼吸幾次讓自己冷靜下來。

「……也是呢。總而言之，給颯太的藉口晚點再來思考，我們要記取這個教訓不再重蹈覆轍。」

「喔，好？」

面對微妙地變得正經的結朱，我反射性地挺直背脊。

「我們的問題點是，雙方溝通不足……正確來說，感情不夠好。」

「畢竟是假情侶，至今還未有交集呢。」

說到底本來就不是同一個世界的人，忽然情投意合也說不過去。

「我一直以來都覺得只要達到最低限度的交際就可以了……但發生今天的事故就另當別論。大和，我們應該要好好地互相了解並讓感情變好。」

「嗯……算是有道理、呢。」

老實說，只有麻煩的預感。但我不忍讓這樣的結朱再次陷入失落，如果在有解決方法時展現自己鼎力相助，才稱得上有誠意吧。

「因此，雖然不可否認有點晚了，但為了讓互動有情侶感，來制定讓感情變好的計畫吧！」

雖然覺得眼神堅定的結朱有些恐怖，我還是提出疑問。

「具體來說，要做什麼？」

我一問，結朱瞬間用食指指向我，宣告她的點子。

「要讓感情變好最好的方式就是一起玩。也就是說——我們去約會吧！」

約會日訂在星期日。

雖然不清楚結朱那邊的情況，但對我來說可是人生的初次約會，雖非本意還是有點緊張。

「唔……」

我在約定時間前十五分鐘來到集合地點的某個車站，微妙地坐立不安四處張望。

對方並不是真的跟我交往，也不是準備跟我交往的人。

所以不用緊張也可以。

即使對自己說這些場面話……沒辦法，就是無法冷靜下來。

「竟然被那傢伙擾亂心神……大意了。」

當我嘆了一口氣時。

「被誰擾亂了什麼？」

「唔哇!?」

回過神時，結朱早已站在身旁。

「妳、妳什麼時候來的……」

邊動搖邊詢問時，結朱雖然對我的反應感到訝異，仍回答。

「剛到而已喔。」

「這、這樣啊……欸，別在意，是在說遊戲的事。」

總算是呼攏過去，讓自己冷靜下來。

但，結朱似乎有什麼不滿，嘟著嘴盯著我。

「……怎麼啦。」

「才沒有怎麼啦，快誇獎我啊。」

結朱啪地展開雙手，像是展示自己般當場轉了一圈。

「我今天只打算跟大和度過喔。也就是說，如此漂亮的裝扮全都是為了讓大和開心喔。所以大和應該誇獎這點。那可是男生該有的禮儀。O～K～？」

「原來如此，OK。」

我直率地接受了結朱的理由，接著初次細看起結朱的穿著。

從鎖骨到胸口大大敞開的背心，以及套在其上的粉紅色編織羊毛外套，還有讓大腿上更加炫麗的白色迷你裙。

是個帶著小心思且迎合男生喜愛的潮流服裝。她說想讓我開心看來並非說說而已。

「……嗯。欸，還滿可愛呢。」

我不禁用生硬的方式說道。

聽到我這樣說，結朱開心地笑了。

「大和，真不會誇獎人呢～是害羞嗎？吶，你是因為我太可愛而害羞到連話都說不好了嗎？」

「吵死了！內在還是一樣的不可愛呢！」

為了從窺視我的表情的結朱身旁逃走，我急忙邁開步伐。

「啊，等等啦！」

結朱慌忙地小跑跟上我，與我並行。

仔細一看，她還穿著稍微高跟的鞋子，我略微降低走路速度。

「是說大和，你決定要去哪裡了嗎？」

「不，完全沒有。」

「嗯，如同預想，身為男生來說真是零分回答。真棒。」

「妳管我。」

雖然是令人火大的評價，但毫無反駁的餘地只能接受。

不過，結朱露出更加淘氣的笑容。

「但是，看到我的鞋子後放慢腳步這點，加分。恭喜，獲得十分。」

「唔……」

因為被看穿而覺得害羞。零分反而比較好。

「大和，真是個害羞鬼呢。男生不需要傲嬌喔？」

「煩死了。」

可惡，應該是因為約會這種情況而緊張吧，不斷被問倒。

邊被結朱戲弄邊走了幾分鐘後，她在某棟建築前停下腳步，拉住我的手臂。

「啊，我們去這裡吧。」

佇立在那裡的是，一棟掛著巨大保齡球球瓶招牌的大樓。

建築內有保齡球或飛鏢、撞球和卡拉ＯＫ等眾多遊樂設施的著名遊樂場。

我被結朱拉著手臂進入設施之中。

好久沒來這種場所了呢。國中的時候還滿常來的。

「大和，你好像對這類場所沒什麼興趣？」

看到我因為懷念而四處張望難以冷靜的狀態，結朱擔心地問著。

「不，只是覺得很懷念，以前很常來。」

「這樣啊。那個時候都玩些什麼呢？」

「大多是籃球，練練罰球之類的。」

結朱被我的回答吸引，雙眼發亮。

「喔，難不成很有經驗？」

「中學的時候啦，社團活動是強制的。」

現在完全是室內派，中學的時候則是不由分說被放在體育系社團這種超級重視上下關係的社會中。

簡直就像是被丟進獅群的小鹿仔。以前的我，好可憐。

「這樣啊。那麼機會難得，我想看看大和帥氣的一面呢？」

雖然看起來是想戲鬧我，但結朱是打算讓我做些擅長的事吧。

大概是想在名為約會的考驗下給我一個機會吧。

「欸，是可以啦。不過因為有空窗期，可別太期待喔？」

我不打算無視她的好意，順從她的提案。

然後我們搭乘電梯，來到有籃球場的樓層。

或許是因為無法在狹小的室內重現完整的籃球場，籃球區的名稱不叫『籃球』，而是『3ON3』，球場也只有一半。

不過，只是練習罰球的話已經足夠。

我穿上跟店員租來的球鞋後，感慨著許久未接觸的籃球重量。

「大和，加油！我想看3P（三分球）！」

結朱在場外聲援。

「又說這種高難度的事……」

聽到麻煩的要求，我本來想擺出一副苦瓜臉，最後還是作罷。

欸，畢竟是在女友面前，還是努力一點吧。

我站在三分球線上，不斷運球，漸漸回想起當初的感覺。

等感覺達到一定熟悉的程度後，雙手拿球，盯著球框。

雙膝彎曲，將上身力量下沉。

做好完整的蓄力後，釋放一切。

我伸直膝蓋與上半身，感受由下而上傳來的力量。

接著將力量集中到球上，手腕向前，指尖撥球。

籃球劃出拋物線飛出。

以前總是投出空心球，果然是因為空窗期吧，球一度撞到籃框，並沿著框繞了幾圈才順利落下，球網晃動著。

「喔！好厲害，進籃了呢！大和！」

結朱誇張地啪啪拍著手。自己的特長被誇獎的感覺其實不壞。

「結朱要試試看嗎？」

「嗯！」

我一喊，結朱開心地小跑過來。

球放到她手上時，她訝異地張大雙眼。

「哇，好重呢。能順利投進嗎？」

「雙手投球的話應該沒問題。我會教妳方法，妳試著擺出姿勢吧。」

「遵命！請多指教，師父！」

面對開心的結朱，我也自然地露出微笑。

我也解除一開始的緊張感，不知何時變成如同往常一樣開心。

開朗又活潑，長得又漂亮。

雖然也有讓人火大的一面，現在竟然能像這樣跟我約會簡直是難以置信，是個擁有人氣王素質的傢伙呢。

「好，接下來試著讓力量由下而上遊走，然後拋出球。」

「好……要上囉！我丟！」

結朱蓄積了渾身力量，用雙手拋出抱於胸前的球。

但，果然很困難，籃球還沒碰到籃框就落於場內。

「失、失敗……」

「差一點差一點。來，再試一次吧。」

我撿起球，用傳球的方式交給結朱。

「似乎是力量不夠呢。再跳高一點會比較好喔。」

因為三分球必須從相當遠的距離投球，不使用全身力量會投不進。

只是，明明是個單純善意的建議……不知為何，結朱睜大雙眼看著我。

「大和，你是因為我今天的穿著才這樣說的嗎？」

「啊。」

這時，我才初次想到結朱的裙襬非常短。

「大和真色～裝作教我投籃實則瞄準走光瞬間～」

結朱抓住這點戲弄我。

但是，已從緊張狀態恢復的我無懈可擊。

「喂喂，我是用純粹的心教妳籃球而已喔。反而是聯想到這點的結朱才色吧？畢竟是把我撲倒的女生嘛。」

「忘、忘記那件事！」

挾著過去的創傷使出完美反擊，似乎效果拔群，結朱用籃球遮住臉。

不過，還是看得到通紅的耳朵。好，贏了。

「好好，忘記了喔。所以這次就在罰球線上投籃吧。這樣的話不用跳躍也沒關係了？」

「嗚嗚……遵命。」

從籃球的背後用著拘謹表情窺視著我的結朱，不禁覺得這樣的她也很可愛。

不愧是說過自己運動神經很好的人，結朱僅練習了兩、三次後，便順利完成罰球投籃。

充分地玩了一段時間後，我跟著一臉滿足的結朱移動到不同的設施，沒想到在此刻。

我們在電梯前，遇見他們。

「咦？結朱。妳怎麼在這裡？」

對我們這麼說著……不，只對結朱搭話的人是身穿私服的小谷。

「欸，亞妃，真巧呢。」

結朱看了我一眼後，回應友人。

這時，小谷背後突然出現一個男生，是生瀨。

「咦，什麼？結朱也在……啊，和泉也在啊。難不成打擾了？」

似乎是看到結朱的身旁有我，察覺到狀況，他略顯尷尬。

在他的身旁，還有班上的其他女生——櫻庭也在。

「嗨，兩位。」

櫻庭（表面上）已經完全忘記那天放學後事情，爽朗地打著招呼。

「……呦。」

我也稍作回應。

本來應該先幫結朱解除誤會，但在那件事情後，我一直找不到機會跟櫻庭對

話，這是那天之後的初次談話。

因為還有些尷尬，我逐漸說不出話，生瀨在沉默產生前加入話題。

「你們也來玩籃球嗎？」

「嗯，因為大和有經驗，請他教我一些技巧。」

生瀨一問，結朱搶在我之前回答。

聽到這句話，小谷瞥了我一眼後看向櫻庭。

「這不是正好。颯太，你要不要跟和泉比一場？難得來這邊玩籃球，卻因為沒有其他的經驗者而讓你無法發揮實力，這樣會玩得不痛快吧？」

聽到這個提案，櫻庭邊苦笑邊搖搖頭。

「不了。可不能打擾別人約會。」

明明自己喜歡的人正跟男友在一起，還能說出這樣的話，可謂優秀之人。雖然也可能只是跟結朱一樣擅長偽裝，即使如此還是相當厲害。

「抱歉喔，亞妃，我們等等還有其他安排。」

結朱也雙手合掌，婉拒小谷。

但是——這裡應該要接受才對。

為了撮合兩人，只讓櫻庭放棄結朱還不夠。

讓小谷跟櫻庭縮短距離也是很重要。

為此需要讓櫻庭展現帥氣的一面，讓小谷誇獎他或是其他之類的，是最快的方法吧。

剛才，結朱也做了一樣的事情讓我開心，所以絕對沒錯。

「好啊，稍微試試的話也不錯呢？我也挺久沒跟有經驗者來一場了。」

喀嚓，我像是打開自己心中某個開關般地露出笑容。

「大和……」

結朱訝異地睜大雙眼。

這傢伙一定有察覺到我的意圖……但結朱似乎不感興趣，臉色陰沉。

不管那樣的結朱，小谷對櫻庭說。

「太好了呢，颯太。和泉也說好。我也想看颯太打籃球的樣子，打嘛。」

聽見勸誘，櫻庭為難地來回看著我跟小谷。

「……和泉，可以嗎？」

面對櫻庭客氣的確認，我露出完美的做作笑容。

「沒問題。不如說我因為久違地打了籃球而情緒高昂，反而覺得幸運。也想讓結朱看看我帥氣的一面。」

一說出結朱的名字，櫻庭瞬間變了臉色後又恢復。

對他來說，這是能在結朱面前狠狠打擊身為情敵的我的最好機會。

應該是察覺到這點了吧。

「……我知道了。來比吧。」

我和有了興致的櫻庭，兩人一起進入場內。

稍微熱身後，定位至1ON1的位置。

「總而言之先拿下三局的人勝利，如何？」

「好，請多指教。」

我是先攻。

我傳球給櫻庭後，對方也傳回給我。

這是1ON1開始的訊號。

「颯太！加油！」

「讓我看看你帥氣的一面！」

生瀨跟其他女生們邊笑邊歡呼。

另一方面，應該出聲加油的小谷卻只是盯著，沒有出聲。

原來如此……之前說她晚熟不是假的呢。

從觀眾區移開視線，我開始運球並窺視櫻庭的狀態。

不愧是在高中就以正規球員為目標的人，渾身毫無破綻。

他的身高也高，速度也快。

他刻意沒有手下留情，完全是準備痛宰我的樣子。

「呼——！」

我以眼神佯攻後，猛地運球突入。

但是，櫻庭早已注意到並緊跟阻擋，讓我無法接近籃下。

「可惡！」

沒辦法，我迅速停止運球進行長距離跳射。

但是，櫻庭身高很高的，手也長，輕易給了我一個火鍋。

「哎呀？原本以為可行的。」

「千鈞一髮喔。挺不錯的呢，和泉。」

面對半分驚訝半分接受且結束攻擊的我，櫻庭給予慰勞的話。

攻守交換。

將球傳給他後，櫻庭馬上運球切入。

好快——但，追得上！

我先一步擋住櫻庭的進攻路線，防堵攻勢。

但是，就在咫尺之前，櫻庭俐落旋身改變進攻路線。

——轉身過人！

我毫不驚慌，切入櫻庭跟籃框之間，但難以克制雙方的能力差距。

「咕……好重……！」

儘管使出渾身之力，卻像是被岩石壓住一般。

幾近犯規的攻防戰。

終止這場的，當然是擁有體格優勢的櫻庭。

他輕易甩掉我，毫不費力地帶球上籃。

「喔～！颯太好帥啊！」

「呦！籃球社的下屆主將！」

多虧這記投籃，觀眾更加熱烈歡呼。

……這樣贏不了啊。

嘆了口氣後，我回到1ON1開始的位置上。

RPG中有名為「劇情殺」的戰鬥。

也就是在故事進行中，會有一定無法戰勝的情況。
例如敵人的HP無上限，或是根本無法造成傷害。
通過這樣毫無勝算的戰鬥，充分展現敵人的強大與帥氣的方法。
我跟櫻庭的１ON１的對決正是如此。
就是為了展現櫻庭這人的角色魅力，絕對不能戰勝的戰鬥。
迅速被取得三勝，我跟結朱早早跟櫻庭他們道別，離開娛樂設施，漫無目的地走著。
「啊～太久沒打籃球好累喔。果然不該做不常做的事情呢。」
「……嗯。」
走在身旁的結朱不知道為何情緒低落。
她並非突然這樣，從我跟櫻庭比賽開始便一直這個樣子。
「喂，妳怎麼了？比賽過後，櫻庭跟小谷的感覺挺不錯的吧？不都是好事嗎？」
因為喜歡的人壓倒性勝利而心情愉悅吧，小谷開心地誇獎著櫻庭，櫻庭似乎也暗爽在心中。
晚熟的她難得展現這種反應，就算只是縮短一點距離，對我們的目標來說也更進一步。

為什麼結朱反而不太開心。

「……才沒有都是好事呢。因為，大和出糗了不是嗎？」

與其說……結朱生氣了，反該說她以彆扭的語氣否定我的說法。

「妳因為那種事而嘔氣喔。欸，看到男友被壓著打，身為女友或許會覺得沒面子——」

「不是那樣！」

結朱大聲打斷我的話。

「我呢，今天希望跟大和高高興興的。希望約會……不對，希望你跟我在一起是開心的。但是，卻讓你輸了擅長的項目上，丟了臉……這樣一來，就不會覺得跟我在一起很快樂。」

「…………」

對於這份心情，我不禁因為訝異而難以開口。

原本我跟結朱沒有任何的交集，到現在交情也淺。

只是，以遊戲為報酬而受雇的關係。

明明知道這件事，這傢伙仍希望我開心。

「……該怎麼說。」

我嘆了口氣，想盡辦法擠出一句話來。

「明明說因為我對妳沒興趣才會選我，現在又說希望我跟妳在一起時覺得開心，很矛盾喔妳。」

「唔……我知道嘛。」

結朱像是小孩般賭氣移開視線。

看到她那樣子，我笑了起來。

雖自戀但不自以為是，明明腹黑卻心繫他人。

儘管讓我費盡心力，結果這傢伙的心情只是希望跟自己在一起的人們可以開心，有著小小的善意。

這種矛盾的生活方式，不知為何有著莫名的魅力。

「再說啊，結朱。妳誤會一件事了，我今天很開心喔。」

「……騙人。」

應該是覺得我在逞強，結朱確認般地窺視我的臉色。

「沒騙妳。妳想想看，玩著喜歡的籃球，又朝著『機器破壞』更進一步，而且身旁還是最棒的可愛女友，哪一點不值得開心的啊。」

「跟颯太決勝時，不就在假笑？」

「為了達成目標用笑容隱藏真心的我，是不是很帥？」

「……自戀狂。」

「虧妳說得出口。」

我不禁吐槽。

這時氣氛終於緩和，結朱放鬆下來露出苦笑。

「真是的～不要說些奇怪的話啦，笨蛋。」

應該是恢復心情了吧，結朱說出帶點彆扭的話。

「是因為妳突然沮喪的關係吧。」

我也跟著自然地露出微笑。

「欸，總而言之我沒有放在心上啦。倒是妳突然自顧自沮喪起來，讓我更在意。」

「嗯，謝謝你。」

結朱害羞地笑著。

她完全振作起來，瞬間恢復自信滿滿的樣子。

「欸，仔細想想，明明都跟我在一起，不可能不開心嘛！不對，我也太小看自己的魅力了，失策。」

「啊～……我錯了。這傢伙還是沮喪時才可愛。為什麼要讓她打起精神啦，我這個蠢蛋。」

我因為一時失策而抱頭煩惱，結朱不滿地搖著我的肩。

「什麼嘛～別說這種不解風情的話。好了好了，說句『看到可愛女友充滿精神的笑容真是開心』吧？」

「誰要說啊！」

疲於應對著完全復活的結朱的情緒，我配合她的步調繼續走著。

有時無奈聳肩，有時驚愕，但對話並未中斷。

雖然盡是些帶著彆扭的話，但似乎達成當初的目的。

成為結朱的男友後已過了十天。

這段時間，小谷跟櫻庭毫無進展，再加上大家也開始習慣我跟結朱交往的事實，開始回歸平穩日常。

話雖如此，放學後被占用的時間過長，導致打電動時間減少，是個不得不解決的問題。

「……以上，班會結束。起立、立正、敬禮。」

當我心不在焉想著事情時，班會就結束了。

這時，班上飄散著放學後特有的放鬆氛圍。

有要去參加社團的人，也有迅速回家的歸宅社，還有在教室內跟同學開心交談的人。

我之前也是屬於快速回家的歸宅社，但現在不是。

「大和，走吧。」

我還在自己的座位上發呆時，準備好回家的結朱向我搭話。

沒錯。如今的我是跟可愛女友一起回家，並於放學後約會的現充。

……雖然就自己來說只是個冒牌男友罷了。

「好，我知道了。」

拿起書包，跟結朱一起走向教室門口。

這種時候，果然還是會有幾道視線刺向我們，但已經習慣了。

無視視線走出教室，準備前往鞋櫃區時。

「啊，大和，等等。」

這時，結朱拉住我的袖子。

「怎了？」

面對我的疑問，結朱露出戲謔的笑容。

「我有想去的地方，你要陪我嗎？」

「……是沒差。」

雖然下意識地警戒，但沒有拒絕的理由便順從結朱。

接著，她不是走向鞋櫃區，而是社團大樓。

結朱有參加社團嗎？我邊想著這個問題邊跟著她，她在某間教室前停下腳步。

「鏘鏘，抵達目的地了。」

結朱如此誇耀宣示的是，掛著『文藝社』標示的某間教室。

「文藝社……？怎麼，結朱妳加入社團了？」

「不是，沒加入喔。而且文藝社早就廢社了。」

如此說著，不知為何結朱使用鑰匙開了門，走進文藝社的教室。

我雖然震驚，還是跟著進入。

教室內雖然稍微有些灰塵，但放置著書架、桌子以及鐵椅，還有老式電視等一應俱全，比想像中好。

「為什麼妳會有廢社的教室鑰匙？」

問出理所當然的問題，結朱邊展示鑰匙邊得意地笑著。

「哎，稍微動用了點關係吧？」

又是關係喔。真是有著非常方便門路的現充呢。

好，那為什麼要帶我來這裡。

「這裡呢，在學長姊們間似乎是有名的摸魚場所喔。欸，常窩在這裡的學長妳們帶著鑰匙就畢業了，這裡就自然地無人問津了。」

結朱邊在書架內到處搜索，邊說明。

「就是妳動用關係拿到的那把鑰匙喔。」

「就是這樣。還拿到備份鑰匙，晚點給你……啊，有了。」

結朱移開幾本書後，從中拿出一個方形盒子。

不對，仔細一看不是盒子。

這是我出生前很普及的遊戲機。

由於那副像是骰子般的形狀，被卡車拖行也不會壞的異常堅固度，而被稱為『能玩的凶器』，傳說中的遊戲機。

這恐怕是那位學長當時流行的機種。

「喔喔……沒想到能在這裡碰上這種東西。」

我因為意想不到的相遇而震驚，結朱用像是演說般的態度坦蕩開口。

「我常常在想喔。我們有著不能讓人發現的關係，所以想要一個能夠祕密談話的隱密場所。而且每次開會的時候，大和總是抱怨『好想打電動』，聽得有點煩。」

「真抱歉喔。」

即使對於微妙的抱怨有點不滿，我還是穩重地聽完結朱的話。

「所以、啊，才想找個交談時能不被其他人看見，還具備完善遊戲功能的完美場所。就是這裡！」

結朱用帶著「咚！」音效的氣勢展露自己的成果。

總而言之明白前因後果，確實有這樣的場所比較好。

「如何？我這份努力，誇獎我誇獎我。」

「做得非常好。」

「總覺得有點官腔～」

「我不擅長誇獎人。畢竟是陰角嘛。」

我邊搪塞不滿的結朱，邊物色起藏在書架深處的遊戲軟體。

「……好，有好幾片沒有玩過的ＲＰＧ，幹得好呢前輩，品味不錯。有這樣品味的前輩值得我驕傲。」

「我說，誇獎力很明顯跟誇獎我的時候高出許多吧。」

「誇獎力是什麼啦。」

結朱邊抱怨邊戳著我的腹部，真吵。

我遠離她，並開始將遊戲機安裝到老舊卻保存良好的映像管電視。

「比起那個，竟然找到這樣的場所，就趕快推進討論進度吧。櫻庭跟小谷現在感覺如何？」

「唔嗚嗚……不能接受，但算了。」

結朱張開鐵椅並拉到我身旁坐下後，報告目前進度。

「覺得……直到現在都沒有什麼改變呢。原本以為身邊的我交了男友，可以引誘她一口氣進入戀愛模式，卻完全沒有受到影響。果然朋友的男友本身沒有讓人產生『真讓人羨慕呢，我也好想交個男友』的魅力，所以才無法產生那種效果的樣子。」

「讓人有點不爽的報告，欸也沒錯啦。我們才交往十天，等於沒有影響力呢。那兩人，跟往常一樣聊天吧？」

「嗯，做為朋友能普通對話，再進一步就不行了，大概是這種感覺。真讓人焦躁呢。」

「也是。真希望稍微移植一點粗神經給她，像是那種能跟從未說過話的對象說出『雖非我本意，但請跟我交往』的女人的粗神經。」

「你這討厭鬼說什麼。」

邊如往常展開無意義的鬥嘴，邊裝好了遊戲機。

遊玩的遊戲是知名RPG系列的某一代。

為了避免聲音傳出教室，裝上耳機後才啟動遊戲。

「……唔，明明話才說了一半。」

面對早已進入打電動狀態的我，結朱不滿地抗議。

「我有在聽。所以，接下來打算怎麼辦？」

我為了聽見結朱的話，只戴了一耳耳機，一邊看著畫面一邊繼續對話。

「先繼續觀望。老實說，別人沒做好心理準備下即使催促也不會順利。大和覺得呢？」

「我也同意。如果櫻庭真的喜歡妳，他很可能還沒放棄妳。這時候告白也沒有意義吧，再等等。」

何況結朱的男朋友還是我這種人。

像櫻庭這樣的帥哥，他說不定覺得努力一下就能橫刀奪愛吧，可能還要一點時間才會死心。

總而言之今天的會議結束，接下來是遊玩時間。

「……吶～雖然說完了～但難得跟我在一起，也理理我嘛。」

我才拉了張鐵椅坐在結朱的身旁，她就拉著我的衣服如此說道。

「雖然妳這樣說呢，但我們並沒有共通話題。」

唯一的話題是小谷跟櫻庭，也已經結束。

老實說，已無話可說。

「是沒錯啦……啊，對了。那麼我也一起玩遊戲吧。」

「咦～……」

看到我露出苦瓜臉，結朱皺著眉戳著我的腹部。

「喂喂，明明可以跟女友取得共通話題，不要擺出那種露骨的討厭表情。」

老實說，玩遊戲時我是一個人沉浸遊玩派。

我是個基本上不會上網跟其他人分享遊玩心得的男人。不在意他人的感想，我覺得有不有趣才是一切。

也是有多人遊玩類型的遊戲，但RPG通常都是單人模式。

話雖如此，我跟結朱的親密度也開始讓我意識到不能在這時候放著她不管，嘆了口氣後我裝上了另一支手把。

「知道了。好，我會在旁邊教妳，試試看吧。」

「耶～為了理解男友的興趣自己也跟著嘗試的完美女友行動，你要感激我也可以喔？」

「是，有這麼棒的女友的我真是幸福啊。」

聳聳肩後，我將鐵椅拉近結朱，並遞給她一耳耳機。

單人用的耳機給兩人各使用一耳，行動有所局限，但也只能這樣了。

「那麼～這個紅色衣服的是主角？」

「沒錯，是結朱操控的角色。我操控的則是藍衣的。」

結朱操控的是穿著紅衣的二刀流男角，我操控的是拿劍玉當武器的藍衣男角。

還有一位白衣女角加入，三人一組進行故事。

由於結朱是新手，操作非常笨拙，如果沒有我的配合與輔佐早就不知道死了幾次。

「哇，危險！咦，那個是大和的魔法……吧～」

但，結朱似乎仍覺得很有趣，露出滿滿新鮮感與衍生而出的驚奇感。

RPG不是跟他人競爭的遊戲，最重要的是自己獲得多大的愉悅。

所以我也沒有催促她，而且徹底支援她的冒險。

如此這般，回神時，已經響起宣告最終離校時間的鐘聲。

「差不多該散會了，保存囉，結朱。」

「嗚嗚……但不擊潰這個不人道的人類牧場不行。」

結朱似乎樂在其中，還沉浸在遊戲內依依不捨。

「明天再玩就好啦。」

我能深切體會她的心情，邊苦笑邊安撫。

結朱雖然一臉留戀，但像是要轉換心情般吐了口氣後，暢快地微笑。

「欸，也是呢。好不容易跟大和找到能一起玩的東西。每天一點一點玩比較有趣呢。」

嗯，那也是RPG的醍醐味。

我們鎖上社團的門，為避免被教師發現，偷偷摸摸地離開學校。

「那，明天見囉，大和。」

結朱揮著手跟我道別。

但是，天色已晚。是個不放心讓女孩子獨自回家的時間點。

「我送妳回去吧？」

我一提議，結朱似乎對我的話感到意外，呆愣地默默不語。

「……怎麼了。」

我不自在地詢問，結朱戲謔地仰望著我。

「怎麼？大和想多跟我待在一起嗎？」

一瞬間我想立即否定，只是這樣對話又會無法繼續。

今天結朱也配合我的興趣，我也該有所妥協才對。

「欸，沒錯。」

「咦啊？」

我不情不願地肯定，結朱不知為何高聲驚呼。

「咦～……啊～嗯，這樣啊。」

接著她撇開視線，邊慌亂邊無法理解般地嘟囔著。

我從她的樣子察覺到某件事，點了下頭。

「妳難不成是在害羞？」

「幹麼說出來啦!?」

應該是猜中了，結朱滿臉通紅地瞪著我。

對於她謎之純情樣，我有點愣然。

「妳不是很受歡迎？也太沒抵抗力了吧。」

「我是很習慣被受歡迎的男生這樣說喔？但是啊，那些人大多就是僥倖試試……或者說即使失敗了，為了避免傷害雙方，也會說得像是開玩笑一樣！大和完全不是那樣的角色，才會被狠狠嚇到。」

像是要讓自己冷靜下來般，結朱深呼吸了好幾次。

看到她如此動搖反而害我感到抱歉了。

「抱歉，我只是單純覺得太晚了想送妳回家而已。」

「那一開始就直說嘛，真是的。明明難得有心，卻讓我遭受奇怪的打擊，受不了。」

她一副生氣的樣子，但耳朵還是紅的，完全無法掩飾她的害羞。

這傢伙，身為自戀狂來說，防禦力也太薄弱了。

不對，正因為防禦力薄弱，才裝出自戀狂的行為舉止來掩蓋這點。

這樣一想，意外是惹人憐愛的大小姐呢。

「……那個溫暖的眼神是怎麼回事。」

我不禁用欣慰的心情看著結朱，她似乎也察覺到，板起臉回瞪我。

「不是啦。只是想說小結朱真的超級可愛。不愧是平常總說自己很可愛的可愛程度喔。」

「總覺得你話中有話喔！」

結朱敲了我的肩膀。

我邊被帶點委屈的樣子勾起惡作劇心情，邊享受著與女友的歸途。

在那之後又等了幾天，該說不出所料，小谷跟櫻庭仍毫無進展。

保持著朋友的距離，一點一滴地浪費著時間。

該說是需要忍耐的時間點，其實是因為毫無對策只能任由時間流逝，籃球比賽的時候也很常有這種感覺。

「嗚嗚……沒想到那個人會叛變。」

在已經完全成為我們祕密基地的文藝社的教室中，結朱拿著手把垂著頭。

本來目的的小谷跟櫻庭的關係毫無進展期間，只有遊戲順利進行中。

現在大概已進入遊戲中盤，結朱喜歡的衣著華麗傭兵投向敵營。

「隊伍中出現背叛者，這才有進入中盤的感覺呢。」

反觀已經習慣RPG的我，本來就有會被背叛的預想，沒受到什麼打擊。

「……我們目標的兩人的關係也進入中盤的話就更好了呢。」

我放下手把，邊休息邊向結朱搭話。

「如果一點助力就能成功的話就不會那麼辛苦了。欸，真是急死人了。」

結朱也放鬆著手指並發出啪吱啪吱的聲音，跟上我的話題。

「而且我們還束手無策……對了，乾脆換個思考方向如何？」

「思考方向？」

對於我靈光一閃的提議，結朱略感疑惑。

「最主要是讓妳跟小谷不會起爭執對吧？這樣的話，沒必要硬讓櫻庭跟小谷在一起，讓小谷跟其他男生交往也可以吧？」

反向思考。

即使是小谷，跟櫻庭那樣的帥哥告白的話需要勇氣，失敗時風險也大。

不過，介紹更合適的對象讓她放棄櫻庭的話，不是也可以完美收場。

「欸，照理說應該可以……但有具體的對象嗎？能讓她放棄對颯太好感，這男人沒有一定程度的條件會很困難。」

「好，就讓我上場吧。」

「我剛不是說沒有一定程度的條件會很困難！這樣子跟 LV. 1 的人準備挑戰魔王有什麼差別喔！」

結朱拚了全力制止把自己當成勇者一樣毛遂自薦的我。

「誰是 LV. 1 啊。妳對我告白的時候不是說了，交了可愛女友的我的現充等級肯定有所提升。」

「拋棄這樣的女友跟著其他女人走，等級又會下降喔!?」

「怎麼了結朱，難不成妳在嫉妒？」

「你如果是這樣理解剛才的話，你下次的現代國文別想及格了！」

欸，玩笑話先放一邊。

「老實說，你覺得生瀨如何？」

回到正題，結朱露出微妙的表情。

「嗯～……不是亞妃喜歡的類型呢。再說啟吾也知道亞妃的心情，應該不會有那樣的想法。」

那樣就困擾了……雖說是靈感乍現，卻是個漏洞百出的主意。

「這樣一來，維持現狀是最好的選擇。入手『機器破壞』的日子還很遠啊……」

「希望你不要嘆氣呢～當小結朱男友的期間延長了，反倒應該開心吧？」

「是，超開心的呢。就像知道今天晚餐是壽喜燒一樣開心。」

「小孩子基準喔！那樣根本讓人開心不起來吧！」

這時，結朱的手機因來訊通知而震動。

「啊，說亞妃，亞妃就到了呢。」

結朱拿著手機晃了晃，向我展示螢幕。

「怎麼了？」

「她問我要不要一起做數學作業，這樣無法拒絕呢。若被認為是重色輕友的人反而本末倒置呢。抱歉，今天就到這裡吧。」

聽到結朱的話，我不禁皺起眉。

「怎麼，這麼想繼續玩遊戲嗎？」

結朱似乎是察覺到我明顯的不滿，試探性地詢問。

不過，我皺眉是另有原因。

「今天……有數學作業嗎？」

完全忘了，或者該說大部分時間我都在打瞌睡。

這時，結朱無奈地嘆了口氣，聳聳肩。

「當然有啊。如果男朋友因為不及格而補習可就丟臉了，好好做完喔。那麼，解散。」

結朱留下叮嚀般的話語後，趕忙一個人離開了。

我因為突然出現的作業，邊沮喪邊收拾遊戲後便走出教室。

「……回家再寫作業感覺也很麻煩，還是去圖書館解決好了。」

我深知如果把作業帶回家，肯定會輸給遊戲的誘惑，便前往圖書館。

圖書館正好位於我的班級教室正上方的三樓，從社團大樓過去有點距離。

我無精打采地踏著沉重的步伐前進，經過自己班上時，不經意聽見裡頭傳來說話聲。

「不過啊，七峰竟然跟和泉交往呢，到現在還是不敢相信耶。」

我不禁停下腳步。

「真的。雖然不知道是誰先告白的，但和泉也滿敢的呢，一般來說都知道兩人根本不配啊。」

「對啊。七峰那傢伙跟和泉交往後，在女生團體中的評價就變差了呢。」

「欸，真的嗎？」

「真的真的。除了抱怨她不合群，最主要是看男人的眼光太差。」

「欸，畢竟是那種陰角嘛。最好快點分手，這樣我可能還有點希望。」

「不，你沒希望。」

「說什麼啊混蛋。」

五四三的閒聊中夾雜著笑聲。

我聽著這些對話，再次邁出步伐。

被說三道四，對結朱來說、對我來說都在預料之中。

畢竟，那傢伙就是想降低現充等級來逃離嫉妒的視線。

「……」

不過，啊——

小谷跟櫻庭的事件能夠早點解決的話，就能大幅縮短我們的交往時間，也能降低結朱受到的傷害，這是事實。

「那麼，該怎麼辦呢。」

我邊快步走向圖書館，邊小聲低喃。

結朱一走進約好的速食店，馬上看到亞妃的身影。

她有著微捲的亞麻色頭髮以及帶著堅定意志的端正五官。

她的這副容貌即使從遠處看也相當醒目。

「久等了～」

結朱雙手拿著裝有薯條與可樂的托盤搭話時，已經在做功課的亞妃抬起頭來。

「嗯，抱歉，忽然約妳出來。」

「沒關係喔～我也想跟亞妃一起玩。」

結朱露出微笑，坐在亞妃的對面。

從書包中拿出筆記本和教科書並翻開後，結朱發現亞妃似乎有點坐立不安。

「怎麼了，亞妃，有不懂的地方嗎？」

「嗯～……不是那樣。」

亞妃似乎有點支支吾吾。

她明明是心直口快的類型。

但是，她會表現出這種態度，只可能跟某件事有關。

「難不成也約了颯太？」

直接切入重點後，亞妃的肩膀抖了一下。

「嗯……欸。他說社團快結束了，會過來。」

亞妃像是無法冷靜般玩著髮尾並給予肯定。

雖然只是一小步，但她自己似乎也在想辦法讓關係有所進展。

「這樣啊。」

結朱笑著回應，明白自己被叫過來的理由。

總而言之就是跟颯太一對一見面會緊張，被喚來做為緩衝器的。

……欸，實際上，不是緩衝器而是威脅兩人關係的炸彈。

儘管如此，但結朱不能說出口。

「呦，亞妃，小結朱。」

這時，有人從身後呼喊她們的名字。

回頭一看，啟吾跟颯太一起朝這裡走來。

看來，颯太也邀了啟吾。

亞妃像是有點放心，又有點失落，吐出情感複雜的嘆氣。

「嗨嗨，兩位。」

「抱歉晚到了，已經開始了嗎？」

颯太自然地回答，並坐到結朱的身邊。

這個時候，微妙地……真的微妙地，緊張氛圍充斥現場。

明明結朱跟亞妃身旁都有空位，他卻選擇坐在結朱身邊。

儘管只是細微末節的小事，但就亞妃立場來看，絕對不是有趣的場面。

而且，對於知道颯太心意的結朱來說，也不是個理想狀況。

「不過，今天真是幫了大忙呢。我有點跟不上數學的教學進度，正想說不知道有誰可以教我說。」

結朱隱藏內心想法，挑起新話題。坐在亞妃身旁的啟吾舉起手。

「啊，那麼我教妳吧。我啊還滿擅長數學的。」

啟吾豎起食指。

他給予結朱預料中的反應，結朱感到安心，微笑著點點頭。

「嗯，拜託了。不過從這種對角位置會看不清楚呢……那個亞妃，可以跟妳換座位嗎？」

「啊，嗯，好唷。」

總算是成功把座位自然地交換過來。

「那麼我們就開始吧。」

颯太表面上對於調換座位沒有任何反應，只是翻開教學筆記本。

「那麼小結朱，妳是哪裡不懂需要說明呢？」

「我想想喔，這裡有點不懂。」

結朱回應著準備認真教導自己的啟吾。

雖然說換座位是藉口，但溝通能力極強的啟吾挺會教人的，比想像中還有收穫。

「如何，懂了嗎？」

「嗯，非常淺顯易懂呢，謝謝，啟吾。」

結朱露出微笑後，啟吾也毫不害羞地點點頭。

「哈哈哈，不客氣。如何，小結朱，愛上我了嗎？要不要換掉和泉？我隨時都歡迎喔。」

啟吾以開玩笑的語氣傳達好感。

對於他的好意，結朱聳聳肩回答道。

「很遺憾，我對大和可是一心一意的。」

斷然拒絕後，啟吾失落不已。

「嗚嗚……太可惜了。不過，如果交往不順利的話隨時可以跟我說，我啊，會馬上到妳身邊。」

看到啟吾故意垂頭喪氣地說出這種話，結朱也笑了。

「但是，事到如今還是很訝異結朱跟和泉那傢伙在交往。結朱喜歡那種類型的啊？」

被兩人的談話吸引吧，亞妃的視線從教科書移開，抬起頭來加入話題。

「啊哈哈……我也很意外呢，不知不覺喜歡上他了。」

因為話題的流向正好，結朱決定秀點恩愛。

展現結朱跟大和的關係有多好，對兩人的目的也很重要。

「妳跟和泉交往真的很讓人意外呢。在圖書館裡搭上線的？」

或許是覺得不說話不太自然，雖然不是很愉快的話題，颯太還是加入其中。

從他表情也看不出內心的想法。

直到偶然聽見談話前，就連對他人心情感受敏銳的結朱也沒能察覺到颯太的好感，他的撲克臉簡直完美。

「欸，差不多是那樣。真的交談後覺得合得來……大概是這樣發展。」

原本是不會引起問題的回答，啟吾卻皺起眉來。

「交談……你們平常都聊些什麼？和泉不是不愛說話。雖然只試著跟他聊過一次，但根本聊不下去。」

結朱的腦海中浮現，大和用生硬的對話拒絕啟吾的樣子。

想到這，她不禁邊苦笑邊回答問題。

「像是跟興趣有關的眾多話題。大和不是不愛說話喔，兩人單獨時可是滔滔不絕呢。」

沒錯。相較於他自稱的陰沉角色，大和既不怕生也能很自然地對話。

平常在教室沉默不語，單純是覺得跟不合拍的人難以暢所欲言，還很麻煩吧。

就像在教室跟現在場合，結朱不想讓大和加入她跟朋友度過的時間，是因為結朱明白這對他來是種痛苦。

如果這裡走錯一步，跟他那種愉悅的關係就會出現破綻。

「嘿～這樣啊，怎麼不對我敞開心胸呢。都同班半年了，有點受到打擊耶。」

啟吾誇張地摀著胸口。

像他這種友善親和的人，應該很難理解保持距離的方法吧。

「哈哈哈，不要放在心上啦。大和不管對誰都是那樣，雖然覺得很可惜。」

沒錯，真的很可惜。

第一印象跟時機，若是不錯過這兩點，只要個性別太奇怪都能交到一定的朋友。

例如，新學期最一開始的午休。

這個時候一起用餐的人們，就這樣自然地成為朋友的例子很多。

帶著「想跟誰成為朋友」這種目的的人最多，是最能輕易交到朋友的時間點，這時只要報上姓名就能自然地交到朋友。

結朱他們的小團體也是在那個時間點認識，自然地感情變好並固定下來。

簡單說，知不知道這種不可以錯過的時間點，會大幅影響交友的難易度。

「真的，跟他聊得挺愉快的。欸，對我來說競爭者不多也比較安心，反而幫了大忙。」

就算是大聯盟選手，若不站上打擊位也無法擊出安打那般，個性再好卻逃離能夠交友的場面，也很難交到朋友。

結朱就是不會抗拒做出交友努力的人，同樣也比較喜歡為此努力的人。

換言之，就是為了讓人喜歡而努力。

為此而努力的人，與不為此努力的人，絕對是跟前者在一起比較開心，也比較沒有壓力。

——明明是這樣才對，但不知為何跟完全不為人際關係努力的大和在一起時，也開始覺得快樂，對於這點結朱也覺得不可思議。

「總而言之，大和啊，有著大家都不知道的魅力喔。總之希望你們知道這點。」

「……這樣啊。」

結朱似乎被深深攻陷，颯太的撲克臉一瞬間有所動搖。

雖然很殘酷，就結朱來說，她不能回應颯太的心意。

如果不這樣做，她跟亞妃的關係將會完全崩壞，這個讓人感到愉快的團體也會分崩離析。

老實說，光被告白都可能岌岌可危，得盡可能避免。

……真是的，為什麼事情會變得這麼麻煩。

明明誰都沒有討厭誰，大家也都很喜歡四個人在一起，也都很珍惜每一位夥伴。

但為什麼這個團體瀕臨崩壞呢？

從什麼時候開始，這個團體開始四分五裂呢？

「…………」

即使如此——結朱這麼想著。

只要靠自己努力，守護這個容身之所，就沒有無法突破的難關。

隔天，一起走出教室前往文藝社後，我在玩遊戲前先進入主題。

「是說，櫻庭跟小谷的事情。」

「哇，大和竟然在安裝遊戲機前先討論那個話題，真難得。」

結朱準備著鐵椅，並訝異地看向大和。

看到平常以RPG為優先的我一反常態，雖然結朱對此感到疑惑，卻不打算阻撓話題，而是拘謹地坐在鐵椅上擺出傾聽的姿態。

我也坐到她的對面，接續剛才的話題。

「我覺得這樣下去果然無法解決呢。我們差不多該推他們一把了？」

如此提案後，結朱露出些許疑惑。

「咦，你昨天不是才說維持現狀最好，怎麼忽然改變主意了？」

我面不改色地回答預期中的詢問。

「在那之後，我想了很多。覺得繼續讓他們拖拖拉拉地把關係固定的話，反而更難告白，倒不如早點行動比較好吧。」

我的回答似乎無法解除結朱的疑問，但她還是認真思考著。

「嗯～……欸的確，也差不多該開始行動了。昨天一起做作業時，亞妃似乎想要一些契機，只要推她一把說不定就會告白。」

想不到會順利獲得同意，我也鬆了口氣。

「那麼，問題是該怎麼推她一把——」

當我討論到具體對策時，結朱卻忽然一臉為難。

「嗯～……有點棘手呢。那兩個人從沒有一對一一起出去過。即使相約出遊也一定會帶上其他人。」

「那，還是得先讓他們約會吧。」

我做個總結後，結朱像是想起什麼般以拳敲手。

「這樣的話我有個好東西喔，鏘鏘。」

如此說道，結朱得意洋洋地從書包中拿出……遊樂園的雙人票券。

「呼呼呼。前段時間送報員送了洗滌劑跟幾張票券。如何？把這個當作禮物送出去，他們就會去約會了吧？」

「做為藉口的話可能可以。不過，還有一個問題。」

面對疑惑的結朱，我指著自己。

「明明有適合約會的好東西，沒道理不約男朋友還讓給別人。」

「嗚……這麼說也是。」

結朱像是承認失誤般地呻吟著。

「那麼就說男朋友有摩天輪恐懼症，只要去遊樂園就會出現蕁麻疹之類的？」

「可以不要讓我背負奇怪的設定嗎？我沒有自信以那種特殊設定在學校生活。」

我斷然拒絕被貼上那種不可思議偶像般的神祕角色設定。

「嗯～……那該怎麼辦呢？」

結朱環胸稍作思考，似乎靈光一閃，表情宛若燈亮般瞬間開朗。

「對了！那麼，我們先去這裡約會吧？」

「……我們？」

一回問，結朱自信般地點點頭。

「嗯，我跟大和兩人單獨去遊樂園，並讓亞妃看遊玩的照片。然後說『票有多，妳跟颯太一起去吧。我們去過一次已經夠了』，藉機把票給出去……這樣如何？很自然吧？」

「原來如此。」

這種流程的話，小谷也許會更容易接受，也容易去邀約吧。

「好，決定的話，這週的星期日就去約會吧！在上次約會的一百分中只獲得十分的大和！這是個挽回的好機會喔！」

「不對，沒必要哄妳開心吧……」

「當然有必要！雖然是假的但也是約會！」

結朱堅定斷言。

「……欸，我努力。」

畢竟也不是什麼無聊的理由，只好允諾。

應該是對於我的回答感到滿意，結朱開心地點點頭。

「嗯，我很期待喔？你可是我自傲的男朋友。」

「正因為是無法讓人自傲的男人才選擇我做男友的不是嗎？」

結朱一如往常說著邏輯矛盾的話，我一邊嘆氣，一邊總算可以開始組裝遊戲機。

如此這般迎來下週日。

雖然上次的約會我不禁感到緊張，果然第二次時就不會了，即使在約定時間前抵達會合地點的車站，也能保持平常心。我也是有所成長的男人呢。

「久等了～」

邊看著手機邊等待時，結朱也在不久後抵達。

因為知道今天會在遊樂園四處走跳，她穿得跟上次不同，是帽T、短褲跟運動鞋，這樣一套方便行動的服裝。

「嗨，妳早到了呢。」

「算是吧。」

看到我毫無反應的回答，結朱盯著我。
我明白她想說什麼，不情不願地回答。
「……今天穿得很可愛呢。」
「很好，加十分！」
結朱滿足地點頭。
「是喔，那就好。」
我感到有點害羞，朝著車站內走去。
我們進入月臺，搭上剛好進站的特急電車，朝著目的地前進。
接著，在電車上搖搖晃晃三十分鐘後就會抵達遊樂園。在那之前可以悠悠哉哉……原本是這麼想，但人生可不會如你所願。
「總覺得……慢慢變擠了。」
站在我身邊的結朱，似乎不舒服地四處張望。
明明不是通勤時間，但一到了星期日，就有不少跟我們一樣出遊的人，電車中的人口密度意外地高到讓人難以喘息。
而且停靠在下一站時，還湧入更多人。
「呀啊！」

「唔哇！」

背部理所當然被推擠，我跟結朱緊貼在一起。

雖然想退開，但由於電車的搖晃與從背部傳來其他乘客推擠的壓力，完全無法動彈。

結朱像三明治一樣，被我跟電車門夾在中間。

「……」

「唔……」

我瞬間想起在教室被推倒的事情，心跳加快。

結朱也想起同樣的事情吧，她低著頭渾身僵硬。

明明今天兩個人會一直在一起，一早關係就突然如此難為情，饒了我吧……

話說回來，這傢伙散發超級好聞的香味啊老天。

「嘿咻……」

我雙手撐門，硬是在自己跟結朱間擠出空間。

這時，結朱似乎也冷靜下來，放鬆地吐了口氣。

「謝謝，加十分喔。」

「妳如果又腿軟就糟了。」

「……扣五十分。」

我因為多嘴而獲得無情的計分。

雖然發生這樣的小插曲，但在電車顛簸了一陣子後，我們平安無事地抵達目的地。

或許是因為電車中的窒息感，一來到車外瞬間有種解放感。

「哎呀，還是戶外比較好呢。有種出獄的感覺。」

結朱使勁伸了個懶腰，用全身表達從電車中解脫的喜悅。

我們稍微走了一段路，找到可以一眼盡覽遊樂園入口的地方，結朱點個頭拿出手機。

「好，大和。就在這邊拍一張吧。」

「好啊。」

今天比起遊玩，更重要的是收集說服小谷的材料。

拍攝照片這種事可不能馬虎。

「好，這樣如何？」

結朱站在我的身旁，擺出自拍姿勢，舉起手機。

「好，要拍囉。人體有幾顆腎臟呢？」

「咦，二？」

喀嚓。

「很好，拍完了。」

「說個『一加一等於多少？』之類的不好嗎！」

因為聽到奇怪的句子，害我在拍照瞬間表情出現極度動搖。

「嗯，大和，你的表情超級僵硬。難不成是不習慣拍照？」

「很明顯是不同的原因！」

結朱對於拍出來的照片不是很滿意吧，看著手機畫面皺起眉。

「嗯～……雖然大和的表情也是原因之一，總覺得不夠自然呢。沒有散發出交往中的感覺。」

「參考附近的人如何？」

面對看著螢幕感到疑惑的結朱，我指著在自己附近、看似情侶的二人組。

他們也跟我們一樣在嘗試拍照，但跟假情侶的我們不同，即使隔著一段距離仍滲透出親密的氛圍。

比較那樣的他們拍出來的照片，跟我們剛才拍的照片。

接著，發現一個關鍵性差別。

「他們，挽著手呢。」

結朱似乎也跟我察覺到同一件事，小聲地低喃。

沒錯，周圍的情侶們跟我們不同，並不會抗拒親密接觸。

有些挽著手、有些臉頰碰臉頰，順著遊樂園的解放感，噴發恩恩愛愛的氣息。

另一方面，我們的照片反倒是——

「……在鏡頭範圍內拉開最大的距離，盡可能避免碰觸。這樣可稱不上是情侶呢。」

結朱點頭同意我的看法。

「給亞妃看這種照片，只會被投以懷疑的目光……」

我們兩人緊盯著拍出來的照片，陷入一陣子的沉默。

雖然兩人都明白該做的事情，卻無法下定決心。

誰先開口？現場氛圍充滿這種互相牽制感。

「……那個，總之試著再靠近一點吧？」

女生還是比較難以主動開口吧，我鼓足勇氣率先提案。

如果這時被拒絕的話恐怕會灰心喪志，幸虧結朱表示理解，靜靜地點點頭。

「只、只能一點點喔？就算貼在一起，可不代表允許你做其他各式各樣的事喔？」

「我知道啦不用拚命強調。」

為了掩飾自己的緊張吧，回話稍微有點生硬。

接著，互相為了有所覺悟而停頓一下後，猛地看向對方。

「要、要上囉。」

「喔、喔。」

結朱以像是生鏽的發條娃娃般僵硬的動作，將自己的手環上我的手臂。

——柔軟。

很自然地，變成結朱的胸部碰觸我的手的情況。

哎呀，已經夠柔軟，還這麼大，有種手臂被包覆的感覺。

我沒有勇氣看向結朱，但她應該也察覺到這種狀況。畢竟是自己的胸部。

既羞恥又有點頭暈，但都到此地步了可不能呆呆愣著。

我盡量將自己的臉頰靠近結朱的臉頰，硬是擠出笑容。

「腎臟。」

「二。」

喀嚓。

隨著極度簡潔的對話，自動拍照順利結束。

接著互相迅速退開一步，遠離對方。

沉默。

好尷尬。超級尷尬。

處在羞恥感與緊張感爆發前刻，完全不知道該說些什麼好。

話說回來，總覺得不管說什麼都會失敗。

經過一小段時間，沉默持續蔓延後——

「說起來，我好久沒來遊樂園了呢。」

「是嗎？欸，畢竟也沒有會約你來的朋友嘛！大和的話！」

「妳管我！」

——我們決定刪除這幾十秒的記憶。

雖然無法恢復原本狀態，我盡可能提振精神，進入遊樂園中。

從旁觀者的角度來說，我們應該是太熱中於遊樂園而興致勃勃的情侶吧。就這意義上來說，這樣的場所真是幫了大忙。

進入園區，又走了一段路，直到冷靜下來後，我們才終於恢復原狀。

「總而言之，先來收集以各種遊樂設施為背景的照片吧。」

「這樣的話，我也想跟吉祥物一起拍照呢。」

既然如此，就快速解決吧。

環顧四周，遊樂園招牌設施的雲霄飛車映入眼中。

「先從那個又大又顯眼的地方吧。」

「好～」

結朱以輕鬆的語調回覆並點頭，我帶著她來到最能清楚看到雲霄飛車的位置。

但，來到拍照階段，我們之間再次飄散著微妙的緊張感。

「……應該沒有必要所有的照片都一起拍吧？」

「同意。」

我們一瞬間達成共識。順利到讓我有種「難不成我的溝通力其實很高？」的錯覺。

「好，要拍囉～」

「要拍得可愛一點喔？」

「沒問題沒問題。不管怎麼拍，結朱都很可愛啦。」

敷衍地應付掉結朱的要求，按下跟結朱借來的手機的快門。

雖然我不擅長拍照，但結朱似乎牢牢掌握能讓自己拍起來很可愛的姿勢，拍下的照片意外地不錯。

「好，ＯＫ。」

「我看看，我看看。」

或許是在意自己被拍出來的樣子，結朱拿回手機開始檢查。

接著，看完全部的照片後，滿足地點點頭。

「嗯，的確，我不管怎麼拍都很可愛呢。」

「這樣啊。比起那個，下一個設施要選什麼？」

我邊搪塞結朱的狂妄話語，邊為了找尋下一個目標而邁出步伐。

但，結朱不滿地抓住我的衣袖，讓我停下腳步。

「咦～難得都來了就去搭一下嘛。嗯，把拍過的遊樂設施全都玩一遍，就這樣來約會吧。」

「欸，是可以啦。」

覺得對享受其中的結朱潑冷水也太無情，便接受她的提案。

——卻不知道，這是地獄的開始。

接著，數十分鐘後。

在遊樂園一角的某張長椅上，我像是漏氣的氣球般垂頭洩氣。

「真是的～真是丟臉，只不過搭雲霄飛車而已。好啦，幫你買了茶喔，喝吧。」

結朱從自動販賣機買了飲料，將寶特瓶裝的冰涼茶飲貼在我的臉上，並嘆了口氣。

我雖然接下那瓶茶飲，卻沒有感謝她，而是投以抗議的視線。

「……我說啊，再怎麼說，連續玩六次，大多數的人都會變成這個樣子吧。」

沒想到結朱會如此喜歡這種尖叫機器。

最終，恐懼超出臨界點後，反倒是暈車的噁心感比較強烈。

對於我的抗議，結朱露出歉意十足的害羞微笑。

「啊哈哈。哎呀，跟其他朋友一起玩的時候，都得顧慮他們，不敢玩到這種程度嘛。機會難得，想說就放飛自我……不經意就——」

「也顧慮我一下啊。」

我邊喝著冰冷茶飲邊要求道，結朱像是沒聽到般，只是聳聳肩。

「你在說什麼嘛。在一起還不需要有所顧慮不正是大和的最大優點嗎？你天生不擅長跟人來往，即使多少有些不滿，你也不會改變態度。那點呢，非常厲害喔。」

「那句話聽起來像是，如果是被我討厭的話也不會有所損失，所以不需要顧慮。」

「欸，說白點確實是這樣呢。」

結朱爽快地肯定。真是讓人不爽的女人。

「……哼，算了。事到如今我也不會要妳討好我。」

本來，正是因為雙方都覺得對方怎樣都無所謂，所以才能成為假情侶。理所當然得接受這樣的情況吧。

我如此接受後，不知道是哪裡好笑，結朱開心地用手戳戳我的臉頰。

「看，就是這點喔。其他朋友可不敢說這種話。所以呢，跟你在一起很開心喔。用洋服來比喻的話就是運動服。」

「就是穿得舒服，但毫無潮流感嘛。」

如果是去附近的便利超商倒是沒關係，讓不認識的人看到則是略感害羞的便服。

精闢地說明我的立場，我可能開拓了一條運動服系男子的新類別。

「好了好了，比起那個，你差不多恢復了吧？一天看似漫長實則短暫，還有很多地方要去呢！」

結朱咻地從長椅上站起，像個孩子般興奮地窺視我的臉色。

被用那樣的表情看著，我也無法繼續從容不迫地休息。

我扭緊寶特瓶的瓶蓋後站起，走到她旁邊。

「好。那下一個必去地點就是鬼屋吧。」

我指著附近的設施宣告，結朱的臉卻抽搐了起來。

「咦……嗯～不了，那邊就跳過吧？」

結朱那閃爍其詞的態度讓我感到疑惑。

「為什麼？鬼屋可是約會必去地點，跳過的話不自然吧。本來就是沒有默契的情侶，至少常理該去的遊樂設施要玩過一遍。」

給予完美無瑕的回答後，結朱似乎難以反駁地眼神游移，並小聲低喃。

「哎呀是那樣沒錯啦……是那樣沒錯啦。但你想，鬼屋外形不怎麼美觀，裡面也無法拍照，該說沒有進去拍照的意義吧。」

「又不會放上ＳＮＳ，沒必要在意外觀什麼的吧。只要讓小谷看到開心約會的證據就好。」

越想越沒有理由避開鬼屋才對，但結朱不知為什麼顧左右而言他。不可思議。

「唔……那個啊，嗯。但是啊，畢竟時間有限，應該優先去更有趣的地點吧？」

「喂喂。搭了六次雲霄飛車的傢伙現在才在意時間，不太對吧？不管妳怎麼說，我絕對要去鬼屋。」

「不是這樣那個，唔……就是啊。」

我微笑地宣告後，結朱舉動變得越發可疑。哎呀，真的是超超超級不可思議呢。

「我啊，從以前就很喜歡鬼屋呢——趁著拍照乾脆玩個六次吧。」

我邊說，邊抓住結朱的手腕，不由分說地拉著她走。

「對不起！真的很對不起！我為雲霄飛車的事情道歉！雖然你已經察覺了我還是要說！我很怕恐怖類的！最多玩一次就好！」

「啊哈哈，妳在說什麼啊。既可愛，成績又好，運動全能，朋友超多的完美結朱，怎麼可能有不擅長的事情。」

我的女友，又在說不可思議的話了呢。

「不、要！救、命、啊！」

結朱的悲鳴，被熱鬧的遊樂園的噪音所掩蓋。

——接著數小時後。

我們互相押著對方遊玩各自不擅長的遊樂設施，像是戰鬥般地體驗遊樂園後，直到黃昏才達成休戰協定，選了一個各自不討厭的摩天輪搭乘。

「……………好累。」

「…………嗯。」

在誰也無法窺視的密室中，明明是對坐這種有著酸甜感的青春場面，我們之間卻毫無粉色氣泡，只有滿溢的疲勞感與無力感。

「我說，結朱，我察覺到一件事。」

「……什麼？」

結朱維持著背靠椅背的姿勢，懶洋洋地回應。

我把經過這一天後發現的驚人事實告訴懶洋洋的她。

「我們，很不會約會呢。」

「…………的確。話說回來，情侶該有的行為都不行呢。」

事到如今，我們才察覺到難以想像的致命部分。

像是現充與陰角的組合的違和感，還有不自然的接觸點等本來就有的問題外，我們身為情侶的行動實在太糟糕。

歸根究柢，或許是因為我們不適合談戀愛。

「吶，結朱。」

「什麼？」

我看向她並再次呼喚後，這次她比剛才稍微端正坐姿後回答。

「把今天一整天花費在我身上好嗎？拍照的話中午前就解決了，午後就可以跟朋友玩了吧。」

「怎麼忽然這麼說？」

結朱對於我提起話題，感到稍微困惑。

但，這是我心中一直存在的疑惑。

「不是啊，畢竟不是真正的情侶，也不是真的想跟我交往吧。只是想要個評價不好的男友來讓妳的評價……話說，既然評價下降了，把重心放在人際關係上比較好吧。」

「……唔。」

結朱像是在揣測我的發言般，直盯著我的眼睛。

因為被盯到心慌，我撇開視線後，她像是領會某些事般輕輕地點頭。

「什麼啊，大和。難不成我跟你交往的事，有人跟你說了什麼？」

「不，不是那樣……畢竟我也沒有能閒聊的對象。」

「那麼，就是聽到什麼壞話吧。像是我跟大和不搭之類的。」

光是隻言片語都能追溯到事情真相，我被結朱的溝通力壓倒，不禁沉默。

接著，應該把沉默當作默認她的回覆，結朱露出明瞭的表情，不知為何戲鬧般地笑了。

「真是的，把那種壞話當真的大和真可愛呢。好單純。」

「煩死了。」

我感到害羞，將頭轉向窗戶。

「不用害羞也沒關係喔。乖乖，辛苦了。好啦靠過來一點，姊姊摸摸你的頭吧。」

「我們同年吧。」

我瞪著裝摸作樣對我招手的結朱，真讓人不爽。

接著，結朱也覺得該認真起來吧，稍微沉澱心情，說道。

「大和知道所謂的友情是怎麼形成的嗎？」

「天曉得。很不巧，我已經許久沒看過那種東西了。」

如果能夠了解的話，我應該能更擅長人際關係吧。欸，至於開不開心就是另一件事了。

「聽好了，大和。友情這種東西啊，是擁有共犯意識與價值觀所產生的喔。」

比想像更加黑暗的回答呢，我略感震驚。

我不禁認真地看向結朱的臉，她並不是開玩笑的模樣，靜靜地繼續說道。

「人類這種生物啊，就是藉由互相暴露出自己醜陋一面，來信任對方的喔。『像這樣對我暴露出骯髒一面的傢伙絕對不會背叛我。既然被掌握把柄就無法背叛。』，彼此這麼認為而形成信賴關係。」

「…………」

結朱說的話是我從未想過的事情，卻不可思議地頗有說服力。

「說壞話就是這樣。有個互相都討厭的人，就是有相同的價值觀喔。為了表現『我跟你是有同一個討厭對象的夥伴』這點。」

正因為是平常總是充滿朝氣關懷他人、朋友又多的結朱說出口的話，更顯沉重。

「所以，這次大和被攻擊，一定就是使用那種手段喔。欸，或許裡面也真的有討厭大和的人就是了。」

結朱帶點玩笑般地說道後，像是在安慰我一樣露出溫柔的微笑。

「而周遭那些同意的人，只是採取溝通手段而同意罷了，欸，也是有說著就變成真的討厭對方的情況，滿可怕的。不過啊，不管是哪一種狀況，都不值得當真喔。」

結朱的話既沉重又黑暗，沾染著醜陋的事實——但不可思議的是，心情輕鬆許多。

「……理解那些事還拚死維持人際關係，妳是個奇怪的傢伙呢。」

我用著比剛才輕鬆的語調回答後，結朱一如往常挺起胸膛自信說道。

「算是吧。要維持人際關係的技巧就是，別去要求對方完美無缺。畢竟像我這樣十全十美的人可不多。光是看到對方的缺點就感到訝異，可是會沒完沒了的。」

「妳心胸可真大啊。」

聽到我直率的佩服而得意忘形吧，結朱心情似乎變得更好。

「哼哼，當然囉。不然的話，可做不了邊緣陰角的女友呢。今天約會又只獲得一百分中的十分？進去鬼屋一次扣十分，對此感到後悔吧。」

「什麼啊，還剩十分喔。機會難得就讓它漂亮地變為零分，再去一次鬼屋吧。」

「好，就憑剛才的發言已經華麗地變為零分！因此不用再去一次！以上！」

以散發著火花的氣勢互瞪，又因為覺得滑稽而同時大笑出來。

「啊哈哈！真的是最差勁的約會！大和真的很不適合當護花使者呢！」

「咕……哈哈！怎麼想就是某人提議搭乘雲霄飛車才是原因吧！真是的，沒想到拍個照片會這麼辛苦。」

我如此回答，結朱像是想起什麼般敲了一下手掌，從包內拿出手機。

「這麼說來，也得拍張摩天輪的照片呢。」

「啊～我忘了。」

欸，從摩天輪中拍照反而更自然，所以沒問題。

結朱站起來後，一邊注意著微晃的步伐，一邊移動到我身邊。

接著調整手機位置讓兩人能在鏡頭內，並做出自拍的姿勢。

「好，要拍囉～」

「喔。」

很自然地挽著手臂。

雖然一開始很緊張，但經過一天後似乎習慣彼此了，不再生硬。

但是，那份轉瞬即逝，像是真正情侶般的喜悅，就埋藏於心吧，我朝著響起喀嚓聲的手機露出微笑。

隔天是星期一。

從移動教室回來的時候，在走廊上我遇見了小谷跟結朱盯著手機看的場面。

「嘿～……竟然有這種遊樂設施喔。奇怪，為什麼這張照片的結朱在哭呢？」

「那、那張是去鬼屋後拍的。」

她們悠閒地走在返回教室的學生人潮的後方，我在離她們一段距離的地方，觀察兩人的背影。

「然後啊，那裡的入場券還有多，想說送給亞妃。妳跟颯太一起去的話肯定會很開心喔。」

「什、什麼？怎麼忽然說這個？」

小谷明顯地動搖。

不過，結朱用力推給她，硬將入場券塞入朋友的手中。

「沒問題的！鼓起勇氣！大家已經出去玩過好幾次了，你們兩人一起去也沒問題的喔！」

「唔……但、但是。」

扭扭捏捏的小谷，既難見又可愛呢。

「颯太能約的日子只有社團休息日，可得拿出勇氣！好嗎？」

在結朱溫柔叮嚀下，小谷下定決心吧，臉紅並輕輕點頭。

「知、知道了。我努力看看。謝謝妳，結朱。」

「好，好事不宜遲！快點去找颯太吧！」

「嗯，好。」

在結朱拚命激勵下，小谷緊捏著入場券，小跑著奔向教室。

「哼～總算交出去了。但，會順利送出去嗎？」

接著，結朱一個轉身，回頭向我搭話。

我明明想要暗中觀察，但似乎被察覺了。

「欸，沒問題吧。」

對於我的樂天答覆，結朱驚訝地歪頭疑惑。

「喔，為什麼這麼想？」

「因為剛才的小谷非常可愛呢。原本外貌就極佳，又有這樣的反差萌，大部分的男生都會淪陷吧。」

結朱認同地點點頭，卻又突然盯著我看。

「……嘿，那大和也是嗎？」

「可能喔。櫻庭真是個幸福的傢伙。」

「我掐！」

直率地承認後，下個瞬間，結朱掐住我側腹的敏感處。

「唔哇!?怎、怎麼突然掐我！」

我因為謎樣的突襲而嚇到，而且不知為何結朱鼓著臉頰生氣地瞪著我。

「才不是『怎、怎麼突然掐我』！怎麼可以當著女友的面談論其他女生的魅力啊！剛才問『……嘿，那大和也是嗎？（快點否決這句話讓我安心）』，旁邊是有小字的！有副聲道！給我好好地察言觀色！」

咦~……明明是因為結朱看起來不安，為了激勵她才給予百分百善意的話啊。

欸，我忘了「要在別人面前採取的妥善行動」的約定，直率地說出感想，無法否認我有過錯。

但，即使如此。

「女人心真難懂啊……？」

「這還只是初學篇而已！好，總而言之重來一次！」

結朱輕咳重整喉嚨後，以比剛才多1／2的銳利視線貫穿我。

「……嘿，那大和也是嗎？」

啊，真的要重來一次啊。

「我已經有世界第一可愛的女友了，對其他的女生沒興趣。」

以棒讀的語調說出模範答案後，或許是滿足了，結朱心情變好並給予肯定。

「好，合格！下次可沒有補考的機會，要多注意喔！」

「……是，老師。」

我雖然困惑於不知為何突然開始的女人心講座，但還是跟結朱一起走回教室。

三章 沒問題，因為我是很能幹的女朋友。

「唔……這個粉紅色孩子很可愛呢。吶，我可以操作這個角色嗎？」

一如往常的放學後。

我們完成了對文藝社教室習以為常的入侵，如同以往繼續埋頭於遊玩ＲＰＧ之中。

「可以啊，但這樣一來會改變隊伍的平衡呢。我也換一個角色好了。」

看到結朱選擇有著粉色頭髮的蘿莉樵夫，我改為操縱女精靈魔法師。

直到之前，隊伍的組成或是操控的角色都是以自己為中心而思考，跟結朱一起玩之後，就完全習慣配合女友的玩法。

結朱也完全習慣遊戲操作了吧，戰鬥跟探索都達到中級者水準了。

「已經玩了好一陣子了，故事大概還有多長呢？」

「已經放進第二片光碟了，大概下週末可以結束吧？」

評估這個系列其他作品的容量進行估算後，結朱不知為何露出困擾的表情。

「下週末啊……」

「怎麼，有什麼問題？」

一問，她輕輕地搖搖頭，但困擾的表情仍未褪去。

「跟這款遊戲沒關係喔。純粹是其他的部分有問題……就是，慣例的那件事。」

即使結朱說得含糊其辭，還是好好地傳達了其中意思。

「小谷跟櫻庭嗎？」

一確認，結朱垂頭喪氣地點頭。

「嗯，其實亞妃還沒約颯太。」

「……咦，都已經過了一週。」

結朱給小谷入場券是上週的星期一。

接著今天是隔週的星期二，何止一週，都快八天了。

明明過這麼久了，卻還沒邀約，到底是怎麼回事。

「真是敗給亞妃的晚熟……雖然也有這層關係，不過颯太也很少單獨一人。再說，平常都在忙社團活動，不然就是被人群團團圍住。」

原來如此。考慮到小谷的晚熟程度，也很難刻意把櫻庭單獨叫出來。即使想自然地尋求兩人單獨的時機，卻等不到那個時間點降臨。

「因為有社團活動，颯太的休假有限。再不約的話，這種關係會繼續拖下去。」

這樣一來，我跟結朱的情侶關係將拉長，入手「機器破壞」的日子也會變遠。

唔……是個無論如何都想避開的情況。

「明明是個美人，下定決心一鼓作氣邀約就好了，不會被拒絕才是。」

她外貌極佳，在班上也極具影響力，若有結朱那般的自信……這樣說有點超過呢。如果擁有結朱十分之一的自信就好了。

「如果做得到的話就不用這麼辛苦了～大和真是不懂女人心呢。」

或許是覺得我的回覆太過敷衍吧，結朱一聽就不開心了。

「以RPG來說，要挑戰比自己等級高的對手時需要有所準備吧？戀愛也是一樣的道理喔。颯太可不僅是那種程度，身為班級最具有人緣、發言力跟影響力的人。」

雖然覺得結朱誇櫻庭誇得有點過頭，但我還是老實地聽著。

「即使是亞妃的……我們這個團體也是以颯太為中心。跟颯太發生爭執，就等於失去在班上的位置。這樣就能明白亞妃為什麼這麼慎重了。」

「……原來如此。」

看來現充的戀愛，風險比想像中的高呢。

如果失去那個團體中的位置，小谷可能就得去下一階，關注度僅次於結朱她們的其他女生團體中。

不過，這樣跟落荒而逃沒兩樣。對有的人來說，這樣可能比失戀更加屈辱吧。

或者，出於對至今為止聲名赫赫的她的嫉妒與恐懼，她有可能到哪裡都不會被接受吧。

這樣一來，身為班上女生中最頂層現充的她，將會一口氣暴跌，淪落成跟我一樣的最底層吧。

「結朱……」

「什麼？」

「……不，沒什麼。」

想說的話剛到嘴邊，又被我嚥了下去。

──結朱，那個時候會怎麼做呢？

小谷跌落神壇時，她會跟著走嗎？還是坐上小谷至今占據的王位呢。

我原本想要詢問這件事，但途中就已經知道答案。

因為結朱她，用跟我交往的方式，降低現充等級呢。

通過這種方式就可以迴避周圍的嫉妒，即使被踢出櫻庭他們的團體，也能毫無違和感地融入低一階的團體。

如果結朱能先加入其他團體並打好關係，小谷也能比較容易加入吧。

對人際關係相當敏銳的她，不可能沒有未雨綢繆的意識。

「欸，總而言之，小谷不去邀約的話一切就無法開始，我們也稍微想個辦法吧。」

我將察覺的事情深埋於心中，強行改變話題。

「的確。什麼都不做就有個超完美的異性接近自己的幸運事件，是只有大和才能體驗到的滋味吧。」

結朱也覺得繼續討論下去沒有建設性吧，爽快地配合我的話題。

儘管如此，回覆的內容卻非常讓我疑惑。

「我並不覺得這種狀況很幸運喔。」

「你還清醒嗎？大和。能跟我一起度過每一天，可是媲美中頭獎的幸運吧。」

「那我的幸運可真是用在相當微妙的事情上。這樣的話，倒不如真的讓我中頭獎。」

這樣一來，可以買多少遊戲呢。

我開始對尚未獲得的獎金打起如意算盤，結朱鼓起臉頰生氣地瞪著我。

「唔，你有什麼不滿嗎……啊，我知道了。大和，你是希望我們的關係能再進一步對吧。」

「妳在說什麼我完全聽不懂。」

「別否認別否認，不用掩飾也沒關係喔。跟我這樣的美少女在一起，卻遲遲沒有進展，肯定會累積不滿吧。因為很浪費嘛～」

「確實，至少希望把關係進展到能夠互相理解。」

我還真是沒想到連溝通都無法完成呢。

「沒問題，我可是能幹的女友，即使不說我也可以揣測到你的心情喔。」

「算我拜託妳，好歹揣測出我用語言表達的心情。」

對於我的愕然，結朱不知道想到什麼，拍拍自己的大腿。

「既然如此，今天特別提供你膝枕吧。如何，開心吧？哎呀，肯定很開心的。」

「才不是『既然如此』，是為何所以吧。」

沒有任何一句話能夠成立的謎之狀況讓我感到頭痛，結朱不滿地嘟起嘴來。

「咦～那麼大和，你不想要我的膝枕嗎？」

被這樣一說，我瞥了結朱的腿一眼。

可以從稍微短了點的制服裙子看到白嫩的大腿。不會太細也不會太粗，醞釀出健康的魅力。

「……才沒有很想要。」

「啊，你剛才遲疑了對吧。」

微妙的心動瞬間被眼尖地揪出。

「唔……」

「哎呀，大和也是思春期的男生嘛。」

我因為完全被看穿弱點而感到尷尬，便撇開臉，結朱則是毫不留情地窺視著我。

「吶吶，果然被我吸引了吧？好了好了，不要逞強也沒關係喔～？」

「吵死了！」

結朱一邊拉著我的衣袖，一邊拍拍自己的大腿。

老實說，這個提議真的是相當有誘惑力，但只要想到自己投入結朱的膝枕中，總覺得在精神上有種屈辱感，所以又想拒絕。

「話說回來，稍微貼近點就腿軟的女人能提供膝枕嗎？我要是真的躺上去，到一半就腿軟害我從椅子上摔下去，這樣我才不要咧。」

精神力總動員吐出拒絕的話，看來意外地有效果，可以看出結朱輕微地動搖。

「又、又拿以前的事情出來說嘴……！現在的我可不是以前的我！而且不是突如其來的話，沒問題的！」

「欸，出一張嘴誰都會吧。妳才不用逞強喔？小結朱。我可是名紳士，能夠以微笑應對女友的虛榮心。」

我總算拿回自己的掌控權，看到此，結朱懊悔地咬牙切齒。

「好哇！既然你都這麼說了就來試試啊！好了，遵從慾望埋入大腿中吧！小嫩嫩大和辦得到的話！」

「正好啊妳！這次就不要又給我腿軟把我當成軟墊啊！」

互相叫囂指的就是這樣吧，

明明應該避免膝枕的，不知為何兩人卻幹勁滿滿。

我有一瞬間都快冷靜下來，但這樣的狀況下已經容不得我退卻了。

「好、好啊。來囉！」

「嗯、嗯！」

儘管兩人微妙地感到緊張，我還是緩緩地把頭靠在她的大腿上。

感覺到適度的柔軟以及明顯的體溫，還有近在咫尺的結朱的香甜氣味。

「…………」

「…………」

雙方同時沉默不語。

因為膝枕的關係，微妙地紊亂起來的呼吸，還有自己變大的心跳聲，都能夠清楚聽見。

雖然羞恥，我盡可能裝模作樣地展現平靜，再跟精神力對抗了十秒左右後，我緩緩地離開大腿，抬起上半身。

「這個階段對我們來說還太早了呢……」

「嗯……總覺得挫敗感好重。」

雙方負傷平局，殘留生硬的氛圍。話說回來，為什麼會變成這種狀況啊。

「果然，我們現在的情侶等級還是LV. 1呢。就慢慢地一步步前進吧。」

結朱紅著臉，莫名地有上進心地說出反省的言論。

「哎呀，仔細想想，我們沒有進展也不是什麼壞事吧？必須有進展的是櫻庭與小谷吧。」

我說出正確結論後，結朱又不滿地嘟起嘴。

「是那樣沒錯……先不管那件事，大和應該對我再表現多一點留戀與愛意比較好。」

「為了什麼？」

「當然，是為了讓我開心啊。」

看到結朱堂堂正正地說著，我有些訝異地聳聳肩。

「哎呀，現階段愛情度已經登頂了，還要提升實在難上加難。而且比起我們，遊戲等級才該提升吧。」

我稍微強硬地變更話題後，結朱的雙眼亮了起來。

「喔……到了升等猜拳時間嗎？」

「輸的人要把隊伍全員的等級提升三等喔！」

我握緊拳頭如此宣告，結朱也同樣握拳。

直到剛才的微妙氛圍煙消雲散，教室內帶著決鬥覺悟的兩人鬥志滿滿。

升級是RPG的醍醐味，也是最大的煩惱。

為了將苦差事丟給對方，對決正式開始。

「不會輸的啦！剪刀～！」

「石頭、布——！」

拋下一個人在社辦內幫角色練等的結朱，我為了轉換心情悠閒地在走廊散步。

我不是討厭練等的類型，但結朱卻是不喜歡練等的派系，現在肯定苦戰中吧。

但是，正因為經歷這些磨練，才會對角色投以留戀，希望她能夠享受這些。

「去買個喝的好了。」

替努力的女友購買應援飲料，真是溫柔的男友呢。即使是結朱也會感動得淚流滿面吧。

我如此決定後，下樓來到食堂所在的一樓，繼續步行在走廊上。

這時，在那裡遇見意料之外的人物。

「……………」

站在自動販賣機旁悠閒地操作著手機的小谷。

她瞥了一眼出現的我後，又不感興趣地將視線移回手機上。

因為我也沒有想對她說的，便無視她而買起飲料。

小谷突然開口詢問。

「今天，結朱在哪？」

由於事出突然，加上她仍看著手機，一瞬間以為她在喃喃自語，但應該不是。

「天曉得，大概跟朋友在一起吧。」

我不想讓未經許可使用社辦這件事傳開，情急之中吐出謊言。

「哼……明明在交往，卻沒有在一起。」

「我可不是占有慾很強的類型。反倒是妳，難得一個人呢。」

「……沒什麼，又沒差。」

之後，她中斷對話，像是對我沒什麼好說的了。

但是，我沒有錯過她那轉瞬即逝、看向體育館方向的視線。

原來如此，是在等櫻庭的社團活動結束啊。

如果是社團活動結束的時間，會比平常更容易變成兩人單獨相處的情況吧。

看來她也鼓起勇氣，試圖用自己的方式推進關係。

我一邊微笑著，一邊從自動販賣機拿出瓶裝紅茶後，從小谷的面前離開。

「……好，接下來該怎麼辦呢？」

我邊喃喃自語，邊走近不是文藝社社辦的教職員室。

距離結朱完成練等還有一陣子，稍微打發時間。

我將紅茶放入西裝口袋，等了幾分鐘後，從教職員室內走出一位現代國文老師，他抱著相當重的資料。

「早安，菅原老師。」

聽到我的招呼，中年男性的老師略感驚訝地看向我。

「是一年級的和泉啊。怎麼了，這個時間點在這裡。」

「留下來做點自習。比起那個，感覺很重呢，我來幫您搬一點吧。」

我提出協助，菅原老師開心地點點頭，分了一半的數量。

「啊啊，真是幫了大忙。」

「不會不會，麻煩內申書（註1）幫我加幾分就好，還請不用放在心上。」

對於我毫不遮掩的提議，老師露出苦笑。

「這樣啊。欸，我會多少關照一下的。」

「謝謝您。我什麼都能做。」

是跟我不搭，充滿斟酌過的用字遣詞與幽默的談話。或許是因為跟結朱在一起的關係，她的手段都潛移默化到我身上了。

接著，來到國語準備室時，等待我的是雜亂且堆積如山的資料和教材。

「哎呀～……不管看過多少次仍覺得很驚人呢。」

面對接近於垃圾屋的辦公室，我升起一抹欽佩之情。

「唔……所謂的教師就是被時間追著跑呢。」

老師尷尬地撇開臉。

這位現代國文老師不擅長整理這件事，在學生間廣為人知。

正因為如此，我是瞄準這點來的。

「方便的話能讓我來收拾嗎？」

註1　內申書就是日本學生成績單上的分數，受在校成績、行為、個性、參加活動、出缺勤等紀錄影響。

「和泉嗎？」

「是的。當然內申書的點數就再麻煩了。」

他稍微糾結了一下後，同意我提出的交易。

「……我知道了。拜託你囉，和泉。」

「好的，交給我吧。總而言之請稍等一個小時，應該就會處理完畢了。」

「好，那時間快到的時候我再過來。」

我微笑著目送老師離開準備室。

「……好，直到這裡都還ＯＫ。」

等菅原老師完全離開後，我來到走廊。

離開國語準備室，完成一件小小的要事後，我再次來到學校食堂的自動販賣機。

小谷還待在那裡，看到我回來時她一瞬間有些訝異後，又迅速將視線移回手機。

「小谷。」

這次，是我跟她搭話。

「……什麼？」

小谷沒有抬起頭，冷淡地輕聲回應。

「菅原老師說，要小谷跟我去整理國語準備室。」

我如此一說，她不情願地癟起臉，視線也終於離開手機。

「……為什麼是我們？」

「妳的現代國文成績很差吧。協助整理的話，可以美化一下分數喔。我只是剛好在附近被波及而已。真傷腦筋。」

我隨口說出謊言。還好有先跟結朱打聽這傢伙的身家背景。

是被我的話語煽動而有了罪惡感嗎？她深深地嘆了口氣，收起手機。

「……真麻煩。沒辦法，也是個好機會呢。」

即使抱怨著，小谷還是擅自先踏出步伐。

當然，似乎也沒有打算跟我並肩同行，而是一個人在走廊上疾行。

我緊隨其後，兩人一起回到國語準備室。

「……不管看幾次都覺得很扯。」

看到亂成一團的國語準備室，小谷愣住了。

即使如此，我們還是得整理好，可不能繼續呆愣下去。

「體力活就交給我，其他細項就拜託小谷囉。」

「……嗯。」

雖然不情願，但小谷還是好好地點頭。

原本以為她會全部推給我，自己一個人離開，結果完全沒有。

應該是多虧了我有身為結朱男友的立場吧，或者單純是小谷意外地認真。

不管是哪一點，最重要的是總算獲得兩人能單獨對話的時間與場所和動機。

若是工作需要，即使跟討厭的傢伙在一起也得交流不可呢。

「吶，小谷。話說回來，妳約櫻庭了嗎？」

突然被直球擊中，小谷手上的紙類資料瞬間落地。

她轉過來的臉頰，已經完全通紅。

「什、你、為什喵忽然說這種莫名其妙的事……」

竟然動搖到貓化……反應如此純真，總覺得感到抱歉。

「不是，抱歉。因為結朱跟我說把多的遊樂園入場券給妳，想說妳應該會約櫻庭。」

「這、這樣啊。」

似乎接受了我的解釋，小谷深呼吸後回答。

「……又沒有決定要邀約颯太。」

像是掩飾般地嘟囔，小谷從口袋中拿出什麼，並唰地遞過來。

仔細一看，是結朱給的遊樂園入場券。

「怎麼啦，難不成是要約我一起去？」

「怎麼可能啊。這個，還給結朱。果然還是不需要。」

小谷硬是把入場券推給我。

我無可奈何地接下，但無法理解。

「……這樣真的好嗎？今天不就是為了邀櫻庭才在那裡等他的？」

再次直球投問，小谷像是打從心底覺得我煩人，瞪著我。

「才不是，是說，跟你沒關係吧。可以不要追根究柢嗎？很噁心耶。」

「這件事，跟我有關係呢。我有非得讓妳跟櫻庭在一起的理由。再說，也是我要結朱把入場券交給小谷的。」

「……啥？為什麼你要多管閒事啊。」

「才不是多管閒事，是為了我的自己。雖然不是很想讓別人知道……欸，簡單說，我討厭結朱的身旁有櫻庭在。」

「啊……這樣啊。」

小谷半驚訝半認同了我的理由。

「所以，就希望誰能攻陷櫻庭……順著這點思考，能夠拜託的對象只有小谷了吧？跟櫻庭關係最好的女生，從旁不管怎麼看也是小谷。」

「這、這樣……啊。」

直白的誇獎讓她更添自信，小谷害羞地玩弄著頭髮，卻也不覺得有什麼不好。

「剛才也說了，我不是占有慾很強的人。但一碼歸一碼，讓那樣帥氣的單身者待在她身邊，果然很不安。所以小谷，希望妳能攻陷他。這是為了我跟結朱喔。」

如此拜託後，小谷緊盯著我。

「……怎麼了。」

因為無法理解那抹眼神的意義，我詢問後，她輕輕地搖搖頭。

「沒什麼，只是覺得你真的跟結朱在交往呢。老實說，直到剛才都還半信半疑呢。」

「不用妳說，我自己也知道我們兩個不搭。」

看到小谷對我們的關係還殘留著疑惑以及不純熟的樣子，我不禁煩惱。

「抱歉。不過，你喜歡結朱哪裡？那個人，跟和泉截然不同呢。」

小谷似乎頭一次對我產生了興趣，接二連三地詢問。

雖然很迷惘該怎麼回答她的問題，答案卻意外地脫口而出。

「這個嘛……截然不同也挺好的。即使跟我看到同樣的事物，也會跟我有完全不同的看法，以及跟我完全不同的感想。那一點很新鮮也很開心。」

連我自己都很訝異於脫口而出的話。

但，這句話並非違心之論，我不禁察覺到這點。

「而且，正因為過於不同，反而不用顧慮太多也沒關係。跟她在一起很開心。」

聽到我的回答，小谷不知為何露出苦笑。

「放閃過頭了呢，我還是單身的說。」

「……是小谷要我說的吧。」

被她一句調笑，我不禁害羞起來。

但，小谷似乎豁然開朗，這次露出毫無心眼的笑容。

「欸算了。仔細想想結朱很受歡迎呢，和泉會喜歡上她很正常，結朱喜歡上和泉反而比較不可思議。」

「還真是多謝妳的關心啊。我有那種越嚼越有味道的魅力，跟魷魚片一樣。」

我既是運動衫系男孩，也是魷魚片系男孩。

接著，在對話停下的這個時間點，剛好聽到從走廊傳來腳步聲。

一瞬間以為是菅原老師，但距離約定時間還早。

這樣一來，剩下的唯一人選只有他了。

「抱歉，和泉，我來晚了！」

氣喘吁吁地打開門的是──直到剛才都是話題中心人物的櫻庭颯太。

「颯、颯太？為什麼你會來這裡？」

心心念念的人突然出現，小谷非常動搖。

「沒什麼啦，最近的晨練很辛苦，前幾天在現代國語課上打瞌睡。然後老師很生氣，做為處罰要我去打掃準備室的樣子。剛才和泉跟我說的。」

沒錯，去找小谷之前，我先跑去體育館抓到休息中的櫻庭。

「今天的社團是開會跟自主練習，已經結束了。雖然遲到了，但直到最後我會努力完成。快點解決吧。」

「嗯、嗯。」

小谷點著頭回應，雖然沒有自覺，但鼻音很明顯帶點嬌媚。跟剛剛完全不一樣耶。

不管怎麼說，三個人一起收拾的進度頗快。

既有體力好又能幹的櫻庭，以及因為他的到來而幹勁提高的小谷。

兩人助力極大，在與老師約定時間的前五分鐘便打掃完畢。

「呼……差不多了吧？哎呀，抱歉把你捲進來了呢，和泉。幫了大忙。」

櫻庭流著清爽的汗水，並向我道謝。

「不會，別放在心上。」

「對了。如果到時候又有什麼事情，還要麻煩你特地來體育館找我就不好了，我們交換聯絡方式吧。」

櫻庭隨興地拿出自己的手機。

就陰角來說，跟不太熟稔的對象要聯絡方式是極需要勇氣的事情，現充卻能輕而易舉完成，真厲害。

「欸，也可以。」

沒有能夠拒絕的理由便接受他的提議，我們交換了聯繫方式。

就讀高中以來，第一次跟班上男同學交換聯絡資訊。

「那，我去跟老師報告已經打掃完畢，櫻庭跟小谷可以先走沒關係。」

一交換完聯繫方式，我若無其事地製造兩人單獨相處的時間。

這正是我特地找他們兩人過來的理由。

這是給予兩人單獨相處的時間，讓遊樂園邀約變得容易的計畫……！

到此我就可以稍微安心，接下來只要讓結朱再找個理由把入場券送給小谷就可以了……雖然是這麼想，但意外的是櫻庭卻搖搖頭。

「都說要陪你到最後了吧？怎麼可能丟下和泉一個人。」

咕……怎麼搞的這傢伙，是好人啊。我可是情敵耶。也因為他，計畫出現變化。

這時，剛好到了約定時間，準備室的門打開，菅原老師走了進來。

「喔……變得很乾淨呢，和泉。」

菅原老師環顧室內，佩服地露出微笑。

他的視線很快看向我以外的兩人。

「嗯？怎麼，櫻庭跟小谷也來幫忙啊。不錯，兩人的內申點也順便給點福利吧。」

「幫忙……？」

聽到老師的話，櫻庭有所反應。

「順便……？」

同時，小谷也一樣。

像是察覺到對話中的違和感，兩人面面相覷。

最終，兩人的視線看向我。

但是，我無視他們，對菅原老師露出微笑。

「好的，謝謝您。我也很開心有好友能幫我。啊哈哈。」

「那我要關門了，三人也離開準備室吧。」

櫻庭與小谷雖然摸不著頭緒，仍聽從老師的話離開準備室。

接著，老師鎖上門，再次跟我們說些慰勞的感謝話後，回到教師室。

「那麼，內申點就麻煩囉～」

以防萬一地再次說道，並目送他離開後，等待我的是，從背後感受到強烈的威壓。

「……那麼，和泉。」

「……說明一下到底是怎麼回事吧。」

一轉頭，兩位現充似乎已經察覺前因後果，用冰冷的視線看著我。

哈哈，陰角可是被現充盯著就會石化的生物呢。所以呢，拜託不要如此有威壓啊。

「欸，抱歉。如你們所見。為了內申點所以向老師提出幫忙打掃，結果心有餘而力不足。然後就騙了還留在學校的同學幫忙。非常對不起。」

低下頭道歉後，就聽到小谷夾雜著怒氣的嘆氣聲。

「難以置信。你這爛人。這件事我也會跟結朱說。」

喂喂，剛才明明有稍微聊過，沒想到評價下降。

「……欸，連我們的內申點也會加幾分所以就算了。如果是那種事情的話，希望能直接拜託我們呢，和泉。這樣的話明明也會幫你的。」

櫻庭雖然不像小谷那樣露骨，仍像是責備我般板著臉。

但是，正是為了這種狀況我才擬了B計畫。

「哎呀，真的是非常抱歉。對了，做為賠罪請收下這個吧。」

接著我拿出的是——剛剛從小谷那邊回收的遊樂園入場券。

我像是硬塞般，給他們一人一張。

「這是……」

小谷睜大雙眼緊捏著入場券。

「之前，我跟結朱一起去過，剛好還有多的入場券。想說短時間內也不會去第二次，這次就做為賠禮給你們吧。」

「……你。」

接著，小谷似乎察覺了我的意圖。

我也用眼神推她一把，示意「快約他」。

這狀況正適合邀約櫻庭一起去遊樂園玩。對她來說，若錯過這次，將不會再有第二次機會。

小谷不斷來回看著入場券跟我之後，下定決心般地筆直看向櫻庭。

「怎、怎麼辦呢？颯太……他似乎也在反省，拒絕的話也太可憐了吧？」

「欸，也是呢。太過糾纏也不好。」

櫻庭雖然對我跟結朱約會的部分露出複雜的表情，但他果然是個好人，好好地接受我的謝罪。

看準時機，小谷更進一步。

「機、機會難得……我、我們兩個一起去吧？」

面對她鼓起勇氣的邀約，擅長察言觀色的男子靜靜地笑著點頭。

「那樣也不錯呢。畢竟是因為這種情況才獲得的，一起去吧。」

——好耶！

我不禁在心裡擺出勝利姿勢。大概，小谷的內心也一樣吧。

作戰順利成功，我放下心來，隨即轉身。

「願意原諒我就好。那麼，趁兩人還沒改變主意之前我先離開囉。今天不好意思囉，兩位。」

「好，明天見。」

「……謝。」

櫻庭輕輕揮著手目送我，小谷說著像是感謝的低喃。

被兩人目送著，我也盡速從他們面前離開。

「……好，這樣一來暫時解決掉一個殘存事項。」

再次變成自己一個人後，我環胸苦惱。

櫻庭與小谷的關係進了一步。雖然接下來會如何還是未知數，但比起什麼都不做，這樣更接近目標一步吧。

如此一來，眼下只剩一個課題。

「……仔細想想，已經不管結朱一個小時以上了。」

實在很不想回去文藝社社辦，但也不能直接逃回家。

「……還是死心回去吧。」

我嘆了口氣，回到社辦……其實比較像是去法院自首。

之後，不用說，我請鬧彆扭的結朱吃晚餐。

——因為要跟颯太約會，希望妳幫我挑衣服。

滿臉通紅的亞妃找結朱商量約會，是星期五的事情。

結朱即使對此覺得驚訝，但也對總算成功邀約而感到安心，開心地接受摯友的拜託。

「嗯～……跟這件比起來，這件比較好呢。畢竟是第一次約會，穿裙子比較好吧。試穿一下好了。」

當天的放學後。

在學校附近的購物中心，結朱邊把亞妃當作換衣人偶，邊選擇當天的裝扮。

「穿、穿這件嗎……？會不會太可愛了？」

亞妃手拿著結朱選的百褶裙，露出稍微猶豫表情。

由於異性喜歡的流行服裝跟同性喜歡的流行服飾往往不同，要說亞妃喜歡哪種，肯定是同性喜歡的類型。

為此，對於結朱的推薦，也就是瞄準男性喜好的服裝，亞妃似乎微妙地稍微抵抗。

「不對不對，男生比較喜歡這種小心機的服裝。我的男友也是喔。」

「這樣啊……」

這個時候，有男友的人提出的意見似乎有極大的影響力，亞妃雖然害羞，還是乖乖進入更衣室。

「不過，真虧妳終於約颯太了呢。畢竟過了很長時間，老實說都以為妳放棄了。」

她隔著更衣室的門簾跟亞妃聊天。

為了讓亞妃順利邀約，結朱原以為自己還得進行很多行動不可，但似乎只是杞人憂天。

「啊啊，嗯。多虧妳男友的事先安排。」

她回了意料之外的答案。

「咦，騙人。我第一次聽說。」

結朱不禁雙眼圓瞪，更衣室中的亞妃輕輕地笑著。

「真的喔。前幾天，我在等颯太社團活動結束的時候——」

一點一點地，亞妃將能夠邀約颯太的前因後果全盤托出。

「竟然有那種事……」

對於第一次知道的事實，結朱也難掩驚訝。

明明是個室內派陰角，似乎在一些奇怪的地方又很積極。

不過啊，既然有這種事，卻不能好好地共享情報，這種溝通能力只能說他真是個陰角。

「結朱跟和泉剛開始交往的時候，我還想說為什麼選那種傢伙，現在稍微能夠明白了。」

「這、這樣啊？欸，能夠被亞妃認同我也很開心。」

雖然很開心……但為什麼有種不舒服感。

有種，「大和的優點只有自己知道就好」的心情。

「唔……我啊，意外地有獨占慾呢。」

結朱以不讓亞妃聽到的聲音低喃。

雖然她自覺能夠很客觀地評價自己。

但是，亞妃接下來的話，卻讓她這份自覺完全崩壞。

「而且，看來他也很喜歡結朱呢。原本還擔心他會不會好好對待妳，但看來沒什麼問題。」

「咦，什、什麼？說詳細一點。」

突然發出的聲音，比想像中的尖銳。

大和好像喜歡自己？這是不可錯過的情報，是絕對想要詳細詢問的內容。

「哎呀，就是被放閃了。」

對亞妃來說應該不是什麼重要的對話吧，她隨意帶過結朱的詢問並掀開簾子。

「如何？會很奇怪嗎？」

亞妃不安地確認著自己穿著新裙子的樣子。

對她來說，比起大和的話題，迫在眉睫的約會比較重要。

……雖然很想追根究柢詢問剛才的話題，說是放閃，到底是說了什麼事情。

儘管跟自己的心情有所衝突，但結朱全力發揮名為溝通力的對外優點，硬是堆起笑容。

「不，很適合喔。」

所以說，關於大和的那件事請再多說一點。

結朱拚命壓下這句差點脫口而出的話。

硬是打斷現在的對話，回頭提起先前的話題，很明顯不自然。

就亞妃來看，結朱跟大和很普通地在交往，所以那種卿卿我我在兩人相處時應該很多。

「跟平常的亞妃有反差，颯太絕對會意識到的。」

總算以理性壓下好奇心，順著話題，專心在摯友的穿著打扮上。

「若是那樣的話就好了……」

「一定會的。亞妃很可愛的，要有自信喔。」

厚著臉皮說出這種話，結朱都覺得自己有點討人厭呢。

不過，想要支持亞妃的心情是真心真意。

但是，結朱卻在對她隱瞞最重要情報的同時，進行這種應援。

「碰巧聽到所以不該說出口」，「這樣只會招來多餘的混亂」。心想著好幾個類似的正確藉口，說到底結朱也只是想要自保。

結朱想守護那個讓結朱覺得舒適的場所。

想守護，覺得待在一起很開心的團體。

為此一心一意跟大和扮演假情侶，逃避颯太的情感，支持亞妃。

即使說好聽點，也是個殘酷的女人。

「嗯……我，會加油的。」

「就是這股氣勢！」

……結朱一方面如此思考，一方面又想正當化自己的行為。

因為，無論如何自己都無法回應颯太的心情。

所以，如果他跟自己告白，也只會失去很多事情，不會有所回報。

亞妃是，颯太是，結朱是，啟吾也是。

結局就是大家都會有所損失而已。

因此，即使這樣的行為非常懦弱，但只要能完美解決就是上上策，這對夥伴們來說起碼是一種體貼吧。

「——吶，結朱。」

結朱的意識深入思考之海時，被亞妃緊張的呼喊拉回岸上。

「怎麼了？」

由於摯友的表情比平常認真，結朱盯著她的眼睛，端正姿勢。

「我打算在約會的時候……跟颯太告白。」

「咦……」

亞妃展現意外的積極性，結朱難掩訝異。

「鼓起勇氣約他出去這件事，我想一定很難再有下次。所以，我要趁這次的機會告白。」

聽到亞妃那飽含著強烈決心的話語，結朱知道她是認真的。

雖然對戀愛晚熟，但亞妃的內心其實挺好強的。

都說到這種程度了，肯定會告白吧。

「這、這樣啊。嗯，一定會很順利的！我會幫妳加油！」

她緊緊握住摯友的手，給予聲援。

——這樣啊，要結束了呢。

另一方面，結朱也被複雜的寂寞感襲擊。

跟大和的契約是直到亞妃告白為止。

在那間教室度過很舒暢、很平靜、很開心、不可思議的時光，這些都即將結束。

「這樣一來的話……」

「結朱，妳說什麼？」

在一臉疑惑的亞妃的詢問下，突然回過神來。

「不，沒什麼喔。」

露出擅長的假笑，再次隱藏本心。

早知道會這樣，應該制定更長效期的合約才是，實在難以說出這種話。

根據結朱的話，櫻庭跟小谷的約會似乎就是近在咫尺的星期六。

由於前天有對外競賽，所以當天是籃球社的休養日，也是櫻庭跟小谷約定的重要日子。

——在那種決戰日，我跟結朱也和平常不同卻又一如往常地去約會。

「終於來啦！準備好了吧，大和！」

結朱穿著學校制服，精神振奮、雙手環胸。

場所是學校後門前。

我也穿著制服，幹勁十足地點著頭。

「當然。我現在鬥志昂揚，幹勁可是妳的十倍。」

小谷跟櫻庭約會。

也就是說，我們的這種關係有著即將結束的可能性。

在這種時候，發生一個問題。

我們努力遊玩的ＲＰＧ，還遠遠沒有結束的感覺。

這樣下去的話，可能到小谷告白前都無法通關。

抱著那種危機感的我和結朱，決定於星期六特地穿上制服，在文藝社社辦中待上一天玩遊戲，進行這種謎之約會。

「聽好囉，大和？可不能因為是常來的學校就大意了。校內即為戰場。如果被認識的老師看到的話，就有可能被詢問前因後果。為了避免那種狀況，得像忍者般隱密行動喔？」

「喔，反倒是妳要留意別扯後腿了。」

我們不知為何露出無畏的笑容。是有自覺從客觀來看挺傻氣的。

「那麼，累茲夠～！」

以結朱的口號為契機，我們開始侵入（約會）學校。

我們從後門偷偷摸摸潛入，每次來到走廊轉角時都要確認沒有老師在，偶爾還會躲進空教室中觀望四周後再前進。

之後，我們終於來到我們心愛的文藝社社辦（無理占據），一進入室內便立即鎖門。

「好，解決第一關卡了。」

「喔，但接下來才是重頭戲。」

我們動作熟練且開開心心地開始組裝遊戲機。

如同以往，耳機一人一耳後，開始遊戲。

上一次斷在終於了解最終魔王的真面目為何。

接下來就要邁入怒濤之勢的最終章，會如何發展呢？

現在，我操作的是長髮的男劍士，結朱依然操控蘿莉樵夫。

在我們的同心協力下，一點一點擊倒敵人，讓故事持續邁進。

「謝謝。」

突然間，結朱吐出道謝話語。

「我聽亞妃說了，都是多虧了大和才能順利約會。」

「欸，那是我的工作嘛。」

我沒有從遊戲上移開視線回答道，結朱則是瞥了我一眼。

「聽說你當了反派角色呢？」

「原本就是毫不相干且被討厭的我，沒什麼損失吧。內申點也加分了。」

就個人來說也有不錯的額外利益，對於那份工作非常滿足。

「這樣啊。」

結朱似乎也理解了，靜靜地點頭。

「……亞妃，她說今天要告白。似乎直到約會結束都是靠氣勢完成的。」

一瞬間，我停下操縱角色的動作。

但，很快又在搖桿的回饋下開始動作。

「這樣啊。」

我盡量擠出附和的話。

我們約好這種關係，是直到小谷告白的時刻。

這樣的話，今天就是我們以戀人的身分度過的最後一天吧。

如此一來，就不會再被這種一如往常的約會所束縛，我不禁苦笑。

「……謝謝喔。」

結朱再次說出感謝的話。

「剛剛已經聽到囉。」

對於我的回答，結朱搖了搖頭。

「不是感謝那件事喔。第二次的謝謝是感謝你陪我度過這段日子。老實說，畢竟是不划算的打工吧？」

「聽妳這麼一說，的確是。可能以天計費還好一點。」

打從心底同意地點頭後，結朱不滿地鼓起臉頰並瞪著我。

「喂喂。這種場面應該說『能跟結朱在一起很開心，反而賺到了吧』。」

「妳說得是。」

我聳聳肩，夾雜著嘆氣同意她。

應該是聽出弦外之音，結朱不滿地瞪著我。

看到她這副模樣，我不禁笑了。

「……欸，但多少感到開心也是事實喔。不然的話可不會如此守規矩地配合妳。」

直接說出感想後，結朱不知為何害羞地低下視線。

「你、你這樣直率地回答，反而讓我感到害羞……」

「妳啊，還是一樣防禦力很弱呢。」

「你管我。」

像是要掩飾般，結朱猛烈地操控著手把。

今天沒有繼續調侃的心情，不知不覺陷入沉默，專心在遊戲上。

「總覺得啊，我們的關係很RPG呢。」

過了一會兒，結朱像是想到什麼開口。

「什麼啊。」

我由於不懂她話中的意思而感到疑惑，結朱依舊看著螢幕說道。

「因為你看嘛，為了看到相同的故事結局，扮演跟自己全然不同的角色推進颯太與亞妃的故事。所做的一切，跟今天眼前的這個遊戲一樣吧？」

「……欸，確實。」

跟我完全不像的長髮劍士，以及跟結朱完全不像的蘿莉樵夫。

在遊戲中，我們變成跟自己原本姿態完全不一樣的兩人，為了完美結局而持續戰鬥。

我們在現實中變成跟原本不一樣的情侶關係，為了完美結局而努力，兩者沒有什麼不同。

「所以說？還是挺開心的喔。」

結朱像是回顧至今的每一天般，露出微笑。

「雖然一開始不情不願呢。想說絕對談不來，你也不是我的菜，如果被誤以為是真的想要你當男友的話該怎麼辦。」

對於她不加修飾說出的真心話，我也回以真實感想。

「我也是啊。想說『竟然要被捲入現充的紛爭之中』，少給我開玩笑了，還是自戀狂，選我的理由又超級失禮，絕對跟妳無法相處。」

不過，即使如此我們關係還是變好了。

儘管我們聊不來，也非本意，更有著不安。

她努力讓自己輕鬆，當然也努力讓我覺得開心。

一定是因為這樣吧。處於正反兩面的兩人互相糾纏磨合。

「真的，明明雙方都非本意。不過……嗯。回頭想想，果然很開心啊。」

「……是呢。」

對於結朱的深刻體會，我也毫不害羞地同意。

的確很開心。是一段很特別的時光。即使是不太喜歡跟人交際的我，也覺得相當不捨。

在接下來的數小時中，我們充分玩了遊戲。

能夠像這樣玩遊戲，跟結朱交往後還是第一次，總覺得有點懷念啊。

接著，忘我地玩遊戲的不久後，在接近傍晚的時候總算來到魔王關。

「回復！大和回復！」

結朱一邊躲避著魔王的攻擊，一邊對我求救。

「正在詠唱中等等。」

「等不了啦快點——啊啊！死了～!?」

被魔王攻擊而飛出去的伐木少女，倒地而亡。

「唔哇，喂妳怎麼死了！少了前衛的話戰線無法維持啊！」

我慌忙點選復活道具，並向結朱抱怨。

「因為這傢伙很強啊！根本打不死。」

「魔王當然很難打啊！這時候就該貫徹身為後衛的守護之壁！」

「我拒絕那種毫無爽快感的操作玩法！我可是主角呢！」

「主角死了是搞什麼！」

即使互相鬥嘴，我還是用道具復活了結朱。

「好！復活了！盡早突破！」

「妳急著投胎啊！妳把學習能力丟哪去了！」

一邊對變成有勇無謀狀態的結朱施加回復魔法，一邊維持戰線的我真是堅強。

如此的努力終有回饋，在數十分鐘的死鬥後，終於成功討伐最終魔王。

「好、好久……沒想到還有第二型態……」

「魔王的型態變化是ＲＰＧ必備要素。大部分最後都不會是人類型態。」

結朱筋疲力盡，而我則是充滿充實感。

我們兩個靜靜地看著結局動畫，沉浸在完美結局中。

終於，結束了。工作人員名單開始播映時，結朱放鬆般地嘆了一大口氣。

「呼……結束了！辛苦了，大和！」

「喔，辛苦了！」

我跟結朱分享這種舒暢的疲勞感與成就感，這是RPG的醍醐味。

維持著這種情緒，試著來個強力擊掌。

響起擊掌聲時，從手掌處擴散些許的疼痛感。

我一邊感受著這份疼痛，一邊看著工作人員名單。

之後，結朱不知為何拿來自己的書包，開始在包內翻找。

「在哪～呢……找到了。大和，這個給你。」

結朱如此說著並遞過來的，是我最一開始想要的遊戲，『機器破壞者2R（two-r）』。

我跟結朱的情侶RPG破關後的報酬。

明明一直都很想要，但不知道為何，我有一瞬間猶豫著是否要接下。

「大和？」

結朱似乎疑惑我為何不接下她遞出的遊戲。

接著，我揮去奇妙的不捨感，接下遊戲。

「沒事，只是太過突然有點驚訝而已。總而言之，我們到此就算告一段落。」

「嗯，雖然也有可能亞妃太過懦弱而無法告白這種失算呢。」

結朱的話帶點玩笑。的確，也有可能是這種未來。

「那種情況的話，再重新擬定作戰計畫吧。」

「啊哈哈。還願意忠實地跟我假交往啊，明明都拿到遊戲了。」

結朱不知為何開心地笑了。

「當然，畢竟約好了。如果真的那樣發展記得跟我說。」

「了～解。」

結朱給了我一個敬禮，點點頭。

之後，工作人員名單播映完畢，室內充滿寂靜。

「吶，既然是最後了，我可以問從以前就很在意的事情嗎？」

「……可以啊，是什麼？」

「大和為什麼不交朋友呢？我啊，跟大和在一起的時候很開心，你應該可以很普通地交友才是。」

「又是個對邊緣人來說，殘酷的質問呢。」

對我來說只是有點傷人的程度，若是其他的邊緣人被現充如此詢問的話，很容易變成致命傷吧。

話說回來，既然被問了就回答吧。畢竟是最後了。

「……沒什麼特別的原因。單純是比起跟朋友一起玩，更喜歡自己一個人而已。我打從出生起就是個內向的男生呢。」

如果是猜想我在人際關係上有戲劇性過往，或是心理陰影的話，可就抱歉了，並非那種預想，完全是一開始就是這種個性。

總覺得不擅長跟陌生人交際，總覺得不擅長假笑，明明是達成人際關係上最重要的四月，卻總覺得很難跟同學開口搭話。

若跟情投意合的對象一對一交談的話還能普通對話，若五人小團體的交談，就會很自然地陷入沉默。這種類型的溝通障礙，就是我擁有的。

「喔……有那種事嗎？」

溝通力之怪的結朱似乎無法理解，像是無法認同般地皺起眉頭。

「就是有。欸，雖然也有想克服那種狀況的時期。」

人類是社會性極強的動物。

鑒於此，無法跟他人好好相處這點絕對是缺點。

所以，我為了克服這點，在國中強制進行社團活動時，選了需要團體活動的籃球社。

有人也稱為「對人技術」，擅長跟他人交談這件事，並非個性，而是單純技術問題。

適時地在對的時間點附和、適切地露出符合情緒的假笑，適當地提供話題，這些只是技術。

有像是結朱這種天生就擁有的天才，即使不是天才也能在正確的訓練以及經驗累積下，每個人多少都能學會的技術。

「我加入籃球社的那段時間有克服這點喔。我以為自己也能變成開朗的人呢，地位可是司令塔（控球後衛）呢。」

所以只要偽裝真正的自己，即使是現在也可以交到朋友吧。

不過，我不認為用那種方式結交到朋友有什麼意義。

「以為？」

結朱似乎被我使用過去式的話吸引了。我對於她的疑問點點頭。

「沒錯。我啊，在二年級的夏天成為籃球社社長。周圍的人都說『既然是和泉的話就沒問題』來道賀我……那時候很開心呢，幹勁十足地管理著社團。」

從戰術或是練習相關，到人際關係的煩惱等。

被周圍的人依賴而開心，自己能協助身旁的人，被這種真切的感情充實。

……那種事，明明不是我的本性，我卻漸漸連這點都無法理解。

「即使如此我還是盡我所能……但漸漸喘不過氣。越被周圍人的依賴，就越覺得沒有退路……只有那種感覺。」

那是名為責任的枷鎖。

因為是非我不可的事，我絕對不能逃避。

當對這件事有所自覺時，覺得至今為止感到快樂的場所變成了監牢。

「我啊，也跟結朱一樣樂於那種事就好了。」

「大和……」

結朱關心地呼喊我的名字。

對此，我只是回以苦笑。

大家一起完成一件什麼事。時而爭吵，時而互助，為克服困難而努力。

那樣一定是很棒的事情——不過，我已經疲於那種美好了。

「退出籃球社，結束我跟社團夥伴以及後輩友好時間的時候，我心中的感覺不是寂寞——而是解放感。那個時候我嚇壞了，原以為自己是深切為朋友著想的男人呢。老實說，真不想承認這點。」

再說一次，人類是社會性極強的動物。

以他人多麼認同自己來滿足被認同的慾望，進而獲得幸福的生物。

明明該是如此，我卻找不到那種價值觀有什麼意義。

想跟朋友一起玩而覺得選籃球比較好，那麼個人競賽的網球、高爾夫跟籃球相比就較為低劣嗎？

喜歡一個人潛心地聽音樂，比跟朋友一起去KTV唱歌還低劣嗎？

如此捫心自問，我無法認同。

「說出這樣的話可能像是邊緣人的不甘言論，但我像是被下了『溝通力詛咒』吧。」

沒錯，是詛咒。那是最深刻的感受。

「我為了被周圍的人誇獎朋友眾多而交朋友。並不是想跟眼前的對象成為好友，只是想要有朋友的地位。而邊緣人的位置，不對，而是逃離了階級。只是，那樣罷了。」

有溝通力和沒溝通力的人，絕對是有溝通力比較好。

無論我如何試圖向自己解釋，這是只要身為群居動物就無法逃避的事實。

但，那頂多是技術之一而已。

例如，會做料理的人比不會做料理的人好，即使如此，若要說不會做料理的人比會做料理的人不幸，可就沒有那種事了。

這只是成就人類幸福的要素中，其中一項而已。

「所以說，試著全部都捨棄一次看看。覺得獨自一人很開心的傢伙，就一個人也不錯吧──我是這麼想的。」

這是我對於結朱疑問的回答。

隨處可見邊緣人的隨處可見的生存方式。

「這樣啊。」

結朱聽到回答，只是點點頭。

「……吶。那麼，你跟我在一起果然有點難受對吧？」

對於結朱試探性的詢問，我露出苦笑。

「我說啊，我只是單純找到了讓自己最開心的形式，很自然地變成邊緣人，並不是討厭人類，也不是拘泥於非要一個人不可喔。有合得來的傢伙在，也會聊得很開心。」

聽到這裡，結朱瞬間豁然開朗。

「也是呢！仔細想想，能跟像我這種擁有完美溝通力的美少女在一起，絕對不可能討厭的嘛。」

「等等。我只說跟合得來的傢伙聊天很開心，可沒有說跟妳合得來。」

「什麼意思啊!?結論到底是哪一個！」

覺得慌亂的結朱很可愛，我彎身忍著笑意。

「你在戲弄我對吧，可惡的傢伙～！」

抗議般地用書包輕敲著我的結朱，實在相當可愛。

——如此這般，我們度過了最後一天。

第四章 完美無缺的小結朱偶爾也會有失誤嘛

雖然我終於入手心心念念的「機器破壞者」，到了星期日卻沒有遊玩。

因為還沉浸在星期六跟結朱一起通關的遊戲的餘韻下，沒有想玩其他遊戲的心情。

接著迎來星期一。

由於我沒有熬夜玩遊戲，順利跟著上學的人潮，於如同以往的時間抵達學校。

最近很常跟我會合的結朱，今天卻沒有看到身影。

理所當然。畢竟戀人ＲＰＧ已經破關了。

雖然無法否認覺得有點寂寞，但這才是正常日常。過段時間就會習慣了吧。

我一邊想著這些通過鞋櫃，進入教室。

這個瞬間，忽然從同學們那邊感受到緊張的氛圍。

「……？」

我不禁環顧室內，並沒有特地看向我的學生。

比起這個，他們大半都跟我一樣搞不清楚事態發展，看起來很困惑。

無論如何，我一個人也無法蒐集情報。

我坐到自己的位置上，如同以往看起手機。

試著等了一段時間後，謎樣的緊張感還是沒有解除。

仔細觀察，察覺到教室比以往安靜。

「……結朱他們呢？」

看過去，總是在教室中心散發主角光環並閒聊的現充集團，今天沒有聚在一起，而是各自靜靜待在座位上。

雖說如此，在位置上的也只有小谷跟生瀨。

櫻庭是因為晨練，跟以往一樣不在……但連結朱也不在教室。

因為她的位置上放著書包，應該是有來學校，只是離開了教室吧。

真是少見的狀況，但從小谷陰沉的表情，還有生瀨焦躁的樣子來看，大概能了解狀況。

「告白，失敗了嗎……」

除此之外，我想不到還有其他會造成這種氛圍的理由。

既然已經拿到報酬，對我來說不會有什麼損失才是，只是費盡心思處理的事件竟然以失敗結尾，我還是受到相對的打擊。

小谷的優點也展現出來了，可以的話也想去鼓勵她，但被我鼓勵她也不會開心吧。

明明這種時候正是結朱出場時機……她卻不在小谷的身旁，到底是怎麼回事啊。

雖然感受到微妙的違和感，但我已經完成工作，失去干涉立場，決定跟其他大部分的同學們一樣，旁觀事態發展。

這份違和感持續了一整天。

即使到了午休，現充團體也沒有一起用餐，而是散開與其他同學吃飯。

——除了結朱，她在鐘聲響起後就離開教室。

難不成是因為無法負荷沉重的氣氛，去找其他班的朋友。

不過，那傢伙既自戀，又擅長照顧他人，她竟然會在這種狀況下不管小谷，實在讓人難以釋懷。

「那麼，這樣一來班會結束。起立、立正、敬禮。」

在導師宣告放學前的班會結束的瞬間，教室內比平常更加充滿解放感，這應該不是我的錯覺。

平常總是悠閒進行回家準備的歸宅社同學，今天也急急忙忙地離開教室。

然後，結朱也在這群人中。

「…………」

這異常已經不是僅用違和感這個詞就能說明。

雖然覺得困惑，但我已經和他們失去交集，也找不到干涉的理由。抱持著「明天就會恢復正常氛圍」的樂觀預想，離開教室。

我沿著走廊前進，不被人發現地走向社團大樓——

「……欸，不好。一個不小心就順著習慣走。」

已經沒有必要再去文藝社了。

我轉過身，離開學校。

久違地去看看新上市遊戲。

雖然回家後有「機器破壞者」可以玩，但今天玩的話，一定會因為在意剛才教室的情況而無法專心。

「而且最近都玩一些懷舊遊戲。」

偶爾也想看看最新機種的漂亮圖案呢。

我去了好幾間遊戲販售店閒逛，找尋出色的新作。

雖然跟結朱在一起很開心，不過我也很喜歡像這樣一個人毫無計畫地暢快閒逛。

接著，在街道上隨意逛逛後，覺得有點疲憊想休息一下，來到附近的速食店的時候。

「是說颯太，今天的社團活動還好嗎？」

「嗯，星期一是休息日，不用擔心我。」

不經意聽到熟悉的聲音。

看向四周後，深處的桌子坐著三人組。

是生瀨、櫻庭跟小谷。

如同以往見慣的成員。但，沒看到結朱。

「…………？」

儘管覺得不可思議，我還是坐到單人席，吃起剛點的漢堡。

「咦～要參加比賽嗎？」

「算是首發陣容。」

「真的假的！那不就是獲得正式球員身分了！」

「還沒還沒，教練還在測試各類選手的階段。」

說話的只有生瀨跟櫻庭。

小谷只是低著頭，偶爾應和幾句。

話說回來，也只是生瀨單方面說話，櫻庭回答的氛圍。

「……原來如此。」

感覺像是生瀨打算修復告白失敗的小谷與櫻庭的關係。

原以為在那個團體中這樣的角色由結朱擔任，令人意外。

不知不覺邊聽他們的對話，邊吃完漢堡後，我拿出手機。

這時，越過漆黑的螢幕與生瀨四目相接。

他驚訝般地僵了一下，不知為何忽然舉止怪異。

到底，是怎麼回事啊。陰角出現在速食店有這麼奇怪喔。

「我、我去個廁所。」

生瀨遮掩失態地露出微笑，慌張地從位子站起。搞什麼，忍不住便意所以無法冷靜嗎？

邊認同這個理由邊看著手機，突然有人從背後拉了我的衣袖。

回過頭想搞清楚狀況，不知為何身後出現應該要去廁所的生瀨。

而且，還是為了盡力遮掩身體的蹲下狀態。

「唔哇，怎麼突然這樣。」

「噓！不要那麼大聲。然後，偷偷跟我來一下！」

生瀨慌忙地請求一臉訝異的我。

我被他的氣勢壓制，被硬拖到廁所中。

「到底是怎麼了。」

面對我的困惑，生瀨忽然低下頭。

「抱歉，和泉。求你什麼都別問，離開店裡啦。」

「咦，才不要。」

「不要馬上回絕啦！」

下意識地吐槽後，生瀨回過神來輕咳幾聲。

「不是，真的求你。雖然不能說詳情，但現在有點修羅場啊。」

生瀨像是在說給我看看情況般地要我離開。

一般來說被現充這樣拜託的話，就會有所察覺而馬上離開吧，但我可是把對人技巧全部拋棄的男人，不記得看氛圍方法啦。

「不交代前因後果就要人離開很失禮吧，我也沒有打算去煩你們啊。」

回以十足正確的言論，生瀨含糊地說著「哎呀是那樣沒錯……」

不管怎樣就道理上想我都比較正確，他也很難找到反駁的話吧。

「生瀨，我既不是想跟你吵架，也不是硬要坐在那裡，只是想知道發生什麼事情而已。」

我不想找碴也不是故意不看氛圍。

只是覺得，想知道為什麼結朱不在場，找這個男人詢問最快。

生瀨一瞬間愁眉苦臉，但也察覺再怎麼動之以情也無法說服我，他深深嘆了口氣開始說道。

「……就前天星期六，亞妃跟颯太告白了。」

「這樣啊。」

在我預想之內，所以不怎麼驚訝。

生瀨雖然對我的反應有些意外，卻沒有多問，繼續說道。

「然後，被拒絕了。那個時候……那個，該怎麼說……嗯。」

生瀨說到一半開始難以啟齒。

但我盯著他的眼睛等著接下來的話。

或許是死心了吧，生瀨艱難地說出真實狀況。

「颯太拒絕時……說了『我喜歡結朱』……」

「……什麼？」

聽到最新的實際情況，我驚訝到睜大雙眼。

我不禁看向廁所外，櫻庭他們所在的地方。即使現在的位置在他們的下方隱蔽處也可能被看到吧，生瀨慌忙地壓住我的雙肩制止。

「等等！我知道和泉覺得不好笑！畢竟你是結朱的男友。但是抱歉，真的對不起……現在就先算了吧？」

生瀨哭泣般地拚命拜託我。

「問你一件事。」

我邊深呼吸讓自己冷靜，邊直搗核心。

「結朱，知道這件事嗎？」

「……對。在那之後，我們就一直沒跟那傢伙說話。」

聽到一臉尷尬點著頭的生瀨的回答，我完全了解狀況了。

接著，我揮開他的手，準備離開廁所。

「和、和泉！」

「放心吧。我有要去的地方，但並不打算做出去逼問他們的舉動。」

對著似乎打算追向我的生瀨如此宣告後，我離開店裡。

某些ＲＰＧ有著多結局的系統。

根據玩家遊戲中的行動，會改變故事後期的結局內容。

有最佳的完美結局、普通的普通結局，以及最糟的壞結局。

若套用此基準來說，現在結朱迎來的絕對是壞結局。

與在班上女生中最有影響力的小谷起衝突，背負最糟糕的標籤離開團體。

即使這種機密消息不會洩漏，周圍的人也會察覺結朱他們的團體，或者說結朱與小谷變成緊繃的關係。

在這種狀況下，其他女生接納結朱的可能性微乎其微。

這樣一來，她能去的地方，能接納她的人相當有限。

例如，是跟班上政治完全無關的人，或是原本就對人際關係不感興趣的人，或是本來就無所顧忌的人。

「……糟透了。」

我嘆了口氣，並迅速回到學校，並看著校舍。

我穿過鞋櫃，沿著走廊前進，來到社團大樓。

走在完全熟稔的路徑上。

我不太清楚自己是生氣還是悲傷。

只是，交由內心深處燃起的衝動，不斷邁步向前。

接著走到文藝社社辦時，我深吸一口氣，將手放到門把。

門沒鎖。

我毫無顧慮地打開門後，如同預想，室內已經有人先到了。

電視開著，並連接舊型遊戲機，一個人操縱著手把。

「……門沒鎖的喔，被老師發現怎麼辦。」

我緩緩來到她——結朱的身邊向她搭話。

這時，她不知為何露出開心的笑容。

「哎呀，我太不小心了。即使是完美無缺的小結朱偶爾還是會有失誤的嘛。

欸，那個失誤富含的魅力跟可愛也是我的厲害之處呢。」

我看向電視畫面，那裡顯示的是我們不曾玩過的遊戲。

「……開始玩新遊戲嗎？」

「嗯，稍微對ＲＰＧ上癮了。不禁玩起其他的遊戲。來，大和也一起玩吧。現在幫你準備，等一下喔。」

結朱過於開心地將２Ｐ手把接上遊戲機。

面對那般造作發洩高漲情緒的結朱，我有話不得不說。

「哎呀，比想像中難呢。果然沒有大和在的話，很難推進故事呢。」

「結朱。」

「啊，對了。我還買了其他幾款，大和選自己想玩的也可以喔？現在玩的這款毫無進度。」

「結朱。」

「是種發現新世界的感覺呢？覺得兩人一起玩很開心，之後也能一起玩就好了。這樣的話，我們乾脆真的交往也——」

「結朱。」

「…………」

喊了三次後，她終於消除假笑陷入沉默。

面對這樣的她，我咬著牙說出。

「我，不是妳的朋友替代品。」

「…………唔！」

突然，她一副快哭的樣子。

只是，即使如此，我仍然得拒絕她不可。

我們兩個度過的時間是特別的回憶。

不需要硬是露出假笑，也不需要一臉愉快地應和不感興趣的事情，也不需要默默接受覺得奇怪的事物。

因此，可以頻繁地發生小打鬧般的鬥嘴，或是惹對方生氣，或是互相受不了對方。

不過——正因如此，結朱笑開的時候，我才能相信那樣的笑容有價值。

不是同學A，也不是現充A，而是七峰結朱打從心底的笑容。

我是如此相信。

那抹笑容絕對不是像剛剛那樣，單純為了『不想再失去這個容身處』的心情的強顏歡笑。

「不要露出那種諂媚的假笑啦。妳，應該是更堅強的傢伙吧。」

如果現在接納她的話，事情就很單純吧。

那樣的話一定有相對應的愉快。

結朱這樣的美女將只有我能欣賞，只喜歡我一個人，窩在只屬於我們兩人的舒適空間。

但是，那樣的話，一定是踐踏我們至今的努力。

這種踐踏宛若牢獄。覺得跟這傢伙在一起的時光很特別的想法，將全部變成毫無意義。

所以我，是絕對不會接納她的。

「我……」

結朱像是難以啟齒般，什麼都沒說只是低著頭。

「如果都要假笑了，去找櫻庭不就好了。跟那傢伙交往的話，就可以回到原先的團體啦。比起諂媚我這種人更加聰明吧。」

如此說道後，結朱唰地抬起頭來。

「怎麼可能辦得到啊！我跟颯太交往的話……亞妃能去哪裡!?告白又被甩，還被我這個最要好的朋友奪走了颯太……那種狀況下，她能去哪裡!?」

所以，結朱離開了團體。

在這件事來上，這傢伙真的思考了很多。

櫻庭跟小谷能夠順利，就一切安穩。

如果進展不順利，導致小谷離開團體的話，自己也能追隨著她。

為此她先埋下伏筆，跟陰角的我交往，降低自己的現充等級。

但是，櫻庭卻偏偏將小谷失戀的原因是結朱這點拿上檯面。

這種狀況下要兩人待在同一個團體，不，甚至是當朋友都變得極為困難。

必須有個人離開團體，並變成孤單一人。

「所以就說了，拋棄自己的容身之所不就省事多了。」

這傢伙是蠢貨。

明明腹黑且自戀又善於計謀，卻總是為他人著想，想辦法一邊掩飾些事情，一邊維持著友誼的平衡。

接著，最後的最後還拿到下下籤，以傷到自己做為結尾。

之前結朱也說了。

友情這種東西，就是互相展示自己的醜陋與弱點而成立。

但，結朱從未這樣做過。

這傢伙也有不少缺點。

但是，卻不想展現出來。

非得展現缺點的場合，她就準備了跟我交往這個假缺點，來抗拒暴露真實缺點。

所以——沒錯。

這傢伙一定沒有在真正的意義上交過朋友。

因為這樣，最後沒有任何的容身處。

「我啊，跟妳在一起很開心喔，結朱。」

靜靜地，我也說出自己的心情。

「跟別人在一起覺得這麼開心可能還是第一次。妳剛剛的邀約，老實說讓我有點動搖。甚至希望一直在一起。」

「大和……」

結朱帶著困惑以及期待的眼神看著我。

不過抱歉，我無法回應妳的期待。

「不過啊，不是想跟現在的妳一起。我喜歡的是，打從心底露出笑容的結朱。」

她會對我展現毫不造作的一面，應該只是機緣巧合吧。

既然要說明情況，不坦誠相見的話就無法獲得認可，再說我對她而言是無關緊要的人物，即使展現自我也毫無心理障礙，就是這種讓人無言的理由。

契機確實就是這種程度。

但現在——

「我，要取回那樣的結朱。」

面對我強而有力的宣言，結朱愕然地睜大雙眼。

「……你想要做什麼？」

「我要去找櫻庭他們聊聊。」

「……」

結朱張口結舌地僵直在當場。

我將視線移開她的身上，轉身走出社辦。

雖然感受到她的視線死盯著我的背，卻沒有呼喊我。

儘管早忘得一乾二淨，但我之前有跟櫻庭交換聯絡方式。

我第一次使用，便是約他出來。

我在電話中說「有事要跟你說」，櫻庭一瞬間沉默後，用生硬的語調說「我知道了」答應下來。

場所是體育館。

這場所平常會有籃球社或是排球社的社員在而相當熱鬧，但我們學校規定每個星期一是所有社團活動的休息日，現在空無一人。

我回家一趟後，拿出以前穿的籃球衣，並擅自借來籃球，進行多次投籃練習來打發時間。

指尖的感覺比起國中時代遲鈍許多。

但是，隨著不斷反覆練習，準度漸漸上升。

雖然無法回到百分之百的狀態，但為了跟櫻庭談條件，這種方法是最佳選擇。

我因為活動而感到燥熱，便脫下制服的西裝外套，並連同手機一起放到室內的角落。在同一時間，體育館的厚重大門也打開了。

進來的人是櫻庭，一同前來的還有生瀨跟小谷。

「……我來了，和泉。」

櫻庭一臉緊張地向我搭話。

「嗨，抱歉啊。特地要你過來。」

我一邊回答他，一邊觀察他們的樣子。

剛才都還低著頭盡量避免跟我有所關聯的生瀨一臉不滿，但櫻庭似乎下定決心要來，就不打算說些什麼，抱持沉默。

儘管小谷也跟來了，但果然尚未跟櫻庭修復關係吧，只是低著頭。

還有——不，只有這幾位了。

「那麼，你想跟我說什麼？」

櫻庭的語氣不像平常爽朗，只是冷靜地詢問。

對於這種顯而易見的問題，我沉下臉回應。

「明知故問，當然是結朱的事情。你，好像喜歡我女友呢？」

「……對。」

他毫不掩飾，點點頭。

可以看到他身旁的小谷肩膀一縮，但我沒有理會，而是深深又大大地嘆了口氣。

「可以不要這樣嗎？結朱是我女友耶。暗戀就算了，不能說出來吧。因為你的關係害結朱的人際關係分崩離析。」

櫻庭恐怕也是出於誠意，才跟小谷挑明自己的暗戀對象吧。

畢竟櫻庭跟小谷感情也不錯，如果想拒絕，就得說清楚緣由。

但，那份誠意對誰都沒有好處。

「……我知道是我的錯。這種想法讓結朱跟和泉都不高興吧。不過，接下來和泉打算對我做什麼？」

話中雖然帶著歉意，但也帶點刺。

這傢伙雖然是個好人，被情敵惡形惡狀找碴時，也不會軟弱到沉默以對。

這樣的個性，對現在的我來說正好。

「今天就做個了結吧。」

我只用手腕發力，將籃球傳給櫻庭。

他雖然一臉訝異，但還是用熟練的手法接下。

「這是之前1ON1的復仇。我那個時候在女友面前丟臉了呢。想說總有一天要討回來。我贏的話，你就別再靠近結朱了。」

如此要求，他直勾勾盯著我，輕聲吐出疑問。

「那，如果我贏了呢？」

雖然說著如果，語氣卻是篤定自己會贏般。

欸，就之前的結果來看，他會這樣說也是理所當然的。

「這個嘛，到時候就給你這個。」

我從口袋中拿出某物給他看。

瞬間，櫻庭詫異般地皺起眉頭。

「……那是，什麼老遊戲？」

我拿出的是──『機器破壞者2R』。

櫻庭不太了解遊戲，似乎不認識這個標題名稱。

「這是我跟結朱的紀念品喔。結朱跟我告白的時候給我的。哎呀，那個時候的結朱很可愛喔。跟我說『這個給你，請跟我交往』。」

對於突如其來的閃光情話，櫻庭似乎有點動氣，眼神銳利起來。

確認順利煽動後，我露出壞笑。

「──如果說，把這個給你。這樣一來，欸，結朱對我也就愛意盡失了吧。之後，你跟結朱會如何發展都隨你。要告白還是怎樣，隨你高興。」

意即，我會跟她分手。

只要用擅長的籃球贏過我，這種機會就會從天而降。

對櫻庭來說，沒有比這點更合適的條件了。

正因為如此，他也慎重起來。

「……搞不懂呢。經由之前的比賽就應該知道我籃球打得比你好。但是，為什麼你還要提出這種對你不利的條件？」

對於他的話，我嗤之以鼻。

「這個嘛，是你搞錯了前提。之前的比賽，你覺得我有全力以赴嗎？如果真的這樣想，就是你有眼無珠。這次我會使出全力，你是贏不了我的。」

我們互瞪著。

櫻庭雖然還在懷疑，即使如此還是會接受吧。

不管我到底隱藏了多少手段，對現任籃球社的他來說，還是有著自己絕對不會輸的自尊吧。

「再說，如果不在你擅長的領域上獲得完全勝利，讓你的自尊心碎滿地，我可嚥不下這口氣。我就是這麼不爽。」

我的煽動似乎壓倒了最後一根稻草，櫻庭像是要壓抑感情般緩緩吐了口氣。

「……好吧。我準備一下，你等等。」

數秒後，他如同我的預料，接受了比賽。

我們雙方都穿著制服和運動鞋，稍作伸展。

僅僅如此後，進入備戰狀態的我們在籃球場中圈對峙。

「跟之前一樣先贏三局者勝。有異議嗎？」

「沒有。」

他也爽快地答應我提出的規則。

接著，互相傳球後，以我先攻做為比賽的開幕。

我還是跟先前一樣，以視線做了個假動作後，開始運球。

跟我的攻勢相比，櫻庭的防守可謂一級棒，我不管怎麼做都無法突破。

結果，突破失敗的我跟先前一樣換為半場投籃。

——但這次，從這裡開始跟先前不同。

「……!?」

看到我進入投籃姿勢後，櫻庭雙眼圓睜。

理所當然會如此。我不是定點投籃——而是向後跳。

也就是所謂的後仰投籃。

向後跳與防守的人拉開距離，讓人難以防堵的技術。

「咕……！」

儘管櫻庭拚死地伸長手，但還是勾不到如拋物線飛出的球。

我投出去的球啪唰一聲進籃得分。

上次是為了貫徹身為櫻庭的輔助角色，全面封印任何會讓我變得醒目的技能。

但是，這次沒有那種枷鎖。

「不是說了，我上次沒有發揮全力。」

我像是誇耀得分般地說著，櫻庭的表情大變。

「……似乎是這樣呢。嗯，或許我小看你了。」

他像是要打起精神般拍拍自己的臉頰，回到開球的位置。

這次換他先攻。

比賽再次開始，櫻庭猛烈地運球向前。

我也迅速擋在他的進攻路線上，阻擋他前進，他打算再次以轉身過人突破。

硬用體力對抗也不可行，只能在他進入投籃姿勢時蓋火鍋吧！

櫻庭準備上籃伸長手，而我打算打落球。

但，即將碰到球的瞬間，他將右手手持的籃球換到左手。

——換手上籃!?

我因為這個在國中鮮少看到的高等技術而驚愕，像是在嘲笑我一樣，他的投籃順利進框。

「說起上次的事。我也有注意盡量不讓你難堪呢。」

得分的櫻庭表情不變，模仿我剛剛的話語回嗆。

「……這樣啊。那就拿出真本領比一比，看看誰比較強。」

「正合我意。」

我們劍拔弩張地進入第二局。

接下來由我進攻。

或許櫻庭對剛剛的後仰跳投還印象深刻，防守行動變得遲疑。

我抓準這個空隙，運球過人。

「可惡！」

我甩開口出惡言的他，用帶球上籃回擊。

這下子二比一，如果是一般選手，因為壓力而導致行動遲緩也不奇怪。

——但，所謂的優秀選手，內心也很強大。

尤其是在日常生活中充滿成功經驗的傢伙，更是如此。

櫻庭第二次的進攻。

櫻庭只是使用了一個簡單的佯攻，就朝我運球攻來。

純粹的速度&力量，以及鍛鍊後的技術。

正因為是王道進攻，對於有著體格劣勢，又有空窗期的的我來說，無法輕易擋下他。

「痛！」

因為假動作的關係，我反應慢了一拍，他成功撞開我並再次上籃。

「剛才，可不算犯規吧。」

「……對。」

面對櫻庭十足確定的提問，我只能同意。

沒有違規，純粹是因為實力差距導致我被撞開。

果然無法贏過現役……啊。

實際上，現在就是雙方實力等級的攻防。

櫻庭應該是評估後跳投籃這種奇襲會帶跑他的節奏，才故意選擇這種攻擊方式吧。

「換你進攻了，和泉。」

櫻庭將球傳給我。

然而，因為他改變了至今為止的攻勢，我一時難以進攻。

最初以後仰投籃發動奇襲才成功得分。

但櫻庭的腦中已有這個模式，也擺脫了動搖。

我不覺得還行得通。

話說回來，在有空窗期的情況下，也沒有其他可以運用在實戰上的攻擊模式。

要說還有一個可行的方式的話……只有那個吧。

我立即開始緩慢運球。

或許是在警戒我會以快慢運球進行突破，櫻庭稍微拉開距離防守。

我瞄準的是，櫻庭預料之外的攻勢。

也就是——三分球。

「什麼!?」

看來完全出於櫻庭的意料之外，他完全無法應對。

一般來說不會在一對一時使出成功率極低的三分投射。

正因為如此，這一投便是關鍵……！

動能從下半身傳遞到上半身，越過肩膀以及手腕傳達至球體。

運用手腕力量投出的一球。

球朝著籃框飛去，劃出彩虹般的拋物線。

但是——籃球卻打到籃框，彈飛並落回球場。

「…………」

我不禁露出苦澀的表情。

三分球本來就非常難進，更非焦急時刻該使出的決勝點。

雖然心裡清楚，但不得不賭在這一球上。

被逼著使出這招的時候，已經是勝負分曉之時。

櫻庭第三次的進攻。

他很輕易地破解我的防守，成功帶球上籃。

起初你來我往的攻防宛若謊言般的平淡。

到此，我們的決戰終止了。

「……是我贏了，和泉。」

櫻庭呼吸沒有一絲絮亂，平淡地說道。

可能是因為勝券在握，也可能是因為餘味不佳，他沒有沉浸在勝利的餘韻中。

「……是呢。」

我也點頭承認完全敗北。

毫無藉口可反駁地輸得徹底。

我一個深呼吸讓自己平靜下來，走到櫻庭身旁，將『機器破壞』遞給他。

「來，說好的東西。」

「不，那個……」

到了這種時候，櫻庭仍表現出拒絕接下的樣子。

這傢伙果然是個好人。

明明被我煽動而一決勝負，卻不打算做出不必要的侮辱對手的行為。

「約定就是約定吧。」

即使如此，我還是遞出『機器破壞』。

「……好，也是呢。」

接著，櫻庭也客氣地接過遊戲。

不對，**是收下了呢**。

看到這一幕的瞬間，我離開他身邊，走向放在體育館一角的手機旁。

「和泉，你真的要跟結朱分手？」

「是啊。所以說，欸，接下來你想怎樣就完全隨你開心了。欸，我會幫你加油的。」

我邊說，邊撿起手機，停下持續拍攝的錄影。

「不過啊——是你還能留在這間學校的話。」

我一邊確認影片，一邊回答他的問題。

「……什麼意思？」

櫻庭警戒地看向我，但已經晚了。

我保持著微笑，讓他看手機畫面。

「沒什麼意思。現任的籃球員竟然進行籃球賭博，不可能沒有懲罰吧？」

聽到我的話，櫻庭雙目圓瞪。

直到剛才都沉默不語，在旁觀望的外野成員也騷動起來。

「什麼賭博……哪有這麼嚴重！所謂的賭資也不過是一套舊遊戲而已!?」

最先反駁的是生瀨。

但是，那樣的反駁是沒用的。

「我剛剛給的遊戲可是珍藏品。今早的市場價格大約是三萬五千日幣，非常值錢喔。」

「三萬……五千日幣……」

生瀨驚愕地吐出話語。

為什麼我要進行一場對自己如此不利的比賽？

非常簡單，比賽成立之時就是我的勝利。

小谷取代一臉呆然的生瀨，瞪著我。

「不過……你也會有相對應的處罰吧。」

「的確。欸，或許會被罰個停學一週。」

對我來說也並非沒有傷害。

即使如此，我的勝利仍不受動搖。

「但是，櫻庭的損失跟我不能比吧？畢竟是現役的籃球員。那樣的人參與籃球賭博的話，欸，少說籃球社也得停止社團活動吧。」

還可能禁止對外友誼賽、退出正式比賽，甚至可能會被廢社。

櫻庭輕率地參與的比賽，其實是個會發展成重大事件的圈套。

「櫻庭，你要怎麼做呢？你有辦法在至今都和睦相處的籃球社夥伴們的憎恨下，無視他們，並跟結朱來場可笑的戀愛遊戲嗎？」

「和泉……！」

面對我的挑釁，櫻庭咬牙切齒地瞪著我。

即使沐浴在他的憤怒之下，我仍刻意冷笑。

「我思考了很多，但這次的事件，果然排除你是最快的方式。所以，手段雖然有點骯髒，但還是決定這樣做呢。」

這次的事件，無論是結朱還是小谷，都不需要非得放棄哪一個。

有個不在選擇內的第三選項。

那就是，排除身為元凶的櫻庭。

簡單來說，正因為陷入選愛情還是選友情的煩惱中，事態才會難以進展，猜忌才會孳生。

只要排除櫻庭，強制他們只能選擇友情的狀態的話，兩人就可以避開無益處的麻煩並重歸於好。

所以櫻庭，請就此從她們兩人面前退場。

那是，我的選擇。

「掰啦，現充。最糟的狀況就是在這所學校變成被霸凌對象喔？我的話，建議你轉校呢。」

這樣一來，對櫻庭對小谷對生賴來說，就找不到反擊我的方法。

簡單來說，這對他們來說是必輸決鬥。

現在的我，是絕對無法戰勝的對象。

如果說有能夠打倒我的傢伙，只有一個人——

「不要這樣！大和！」

不經意地，體育館的大門被開啟，響起近乎悲鳴的聲音。

在場的所有人一起看向聲音來源。

站在那裡的是，這件事的最後當事人——結朱。

「結朱……妳……」

小谷愕然地低喃。

結朱似乎不想與她四目相接，咬著唇低著頭。

「呦，結朱，妳來啦。正好除掉了黏著妳的臭蟲。」

即使這樣跟她打招呼，但我猜測她應該早就一直待在這附近。

總是為他人費盡心力的結朱，在我留下令人在意的宣言離開後，不可能繼續躲在社辦中。

為了不讓櫻庭他們發現，她應該一直偷偷躲在體育館外吧。

正因為如此——她有打倒我的權利。

「大和，那個賭約不成立喔，你知道的吧？」

結朱邊向我走來，邊說著責備般的話。

但我可是個不懂察言觀色的男人。不會聽從那種含糊不清的話。

不讓她更加直白地說出來可不行。

「我不懂妳的意思呢。我已經完全把櫻庭逼到牆角了。」

說吧，說出來，不要逃避。

我抱持著那樣的心情，將結朱逼入絕境。

雖然她的眼神猶豫地游移了一下，但為朋友著想的心情還是占據上風，最後挺起胸膛回答道。

「不，不成立。因為——大和跟我沒有交往。所以這個賭注的前提條件就有問題，這個賭注是無效的喔。」

終於，結朱說出了那句話。

「到底是怎麼回事，小結朱!?」

「妳……」

「…………」

混亂不已而喊叫的生瀨，驚訝的小谷，以及愕然的櫻庭。

看著三個人不同的三種反應，結朱對他們低下頭。

「對不起，全都是假的。我，知道颯太喜歡我，也知道亞妃的心意……為了消除被告白的可能，才會裝作跟大和交往的樣子。」

面對如此真相，三人一句話也沒說，沉默不語。

似乎是對他們的反應感到痛心吧，結朱即使一臉痛苦仍繼續說道。

「真的非常對不起。我，真是過分的女人。既不能正面接受颯太的心情，本來打算協助亞妃，卻只顧得上自己……如果最後失敗的話，就拋下一切逃跑。但是……」

眼淚，如水滴般滴落到體育館地板。

淚水從總是滿臉笑意的結朱的眼睛中，無法停下地滿溢而出。

「但是……就算這樣，我還是想跟大家在一起……！」

——接著，結朱，首次對他們露出弱點。

這個為了自己的安全，不斷說著謊言、善於謀算的少女。

她一直以來隱藏的那個部分，今天終於初次展現。

「結朱，對不起……」

最先奔向她的是小谷。

她死命地抱緊結朱，自己也忍不住地流著淚。

「……對不起，沒能幫上妳的忙。」

接著，像是感到無力般，生瀨低下頭。

最後一個是，櫻庭後悔不已地看著天花板。

「結朱……抱歉。我們竟然，不，是我竟然把妳逼到這般地步。」

將喜歡的人逼到如此境地，對他來說肯定是件很痛苦的事情吧。

但是，櫻庭颯太這個男人也不是會因此就崩潰的弱小男人。

他迅速繃緊臉，面對結朱。

「可能已經無法回到從前……但是，我也不想分道揚鑣，還是想跟大家重歸於好。為了這點——請讓我做個結束。」

櫻庭的眼中，充滿著覺悟。

似乎是明白接下來會發生什麼事，小谷悄悄離開結朱身旁。

「——結朱，我喜歡妳。一直都很喜歡。請妳跟我交往。」

直率且毫不拐彎抹角的告白。

「…………」

至今不斷逃離這句話的結朱，這次也堂堂正正地正面接下。

接著她露出微笑，以她自己的方式回答。

「颯太——是很重要的朋友喔。大概，從今而後也一直都是。」

這就是她的回答。

話中宣示，櫻庭追求的是錯誤的羈絆。

「這樣啊……嗯，我知道了。」

聽到這樣的回答，櫻庭忍住痛苦不斷點著頭後，露出爽朗的微笑。

「大家一起，和好吧。」

明明還在痛苦中，但身為團體中心的他，還是再次成為中心，踏出雙腳成為支柱。

「嗯，我也覺得那樣比較好。」

「果然還是大家在一起比較開心呢。」

「我也是，不想再糾結於過去了。」

露出溫柔微笑的結朱，以及充滿開朗氛圍的生瀨，還有壓下自己內心情感並點著頭的小谷。

像是在回報櫻庭的決意，三人各自露出開朗的表情聚集到他身旁。

——看著跟自己已經毫無關係的青春劇，我靜靜地轉身離開。

為了不讓他們察覺，為了不破壞他們的氣氛。

只是，一個人靜靜地離開演出完畢的舞臺。

我離開體育館後，走在連接著校舍的通道上。

沒有任何人陪伴，獨自一人。

但是，不覺得寂寞。

我並不是想跟他們成為夥伴才出手干涉這次事件，也不是想被誇獎，更不是想被認同。

純粹是——沒錯。

「……既然要通關的話，當然是完美結局比較好。」

純粹是希望我跟結朱這個持續一段時間的青春ＲＰＧ，有個光明的結局。

只是為了那點，我才奮身而起罷了。

「欸，偶爾做為最終魔王行動，也挺不錯的呢？」

你想，畢竟ＲＰＧ中全都是正義的夥伴吧。

以自己失敗做為終局，偶爾也挺不錯的。

腳步輕盈，心情愉悅。

懷抱著不跟他人分享的快樂結局後，特有的淨化心情，繼續獨自前行。

終章 喜歡你喜歡的我

雖然是老調重彈，但「機器破壞」這款遊戲是我身為小學生時，也就是幾世代前的遊戲。

因此，要遊玩這款遊戲需要幾世代前的硬體……但當我久違地從壁櫃中拿出我的遊戲機君時，它已經壽終正寢。

這樣一來，很自然就演變成來到常去的文藝社，使用社辦的遊戲機來玩。

當然是一個人，隨心所欲地，獨自一人。

「吶，大和，把這個零件裝在機器人身上可以嗎？」

……明明是這樣才對，但為什麼身旁會有個對我投以質問的前女友在啊？

「那兩個屬性不合還是不要……不對，為什麼結朱會在這裡啊。」

儘管反射性地給予建議，但我瞪向操控著手把的結朱。

於是，她似乎感到奇怪地歪頭疑惑。

「咦，當然是因為想要玩遊戲啊。話說回來，這地方可是我找到的，我當然會在這裡吧。」

「……拋下好不容易和好的朋友們，這樣好嗎？」

我稍微憂心，但結朱像是毫無問題般地挺起胸膛。

「沒問題喔。我可是遊戲跟人際關係都能妥善處理的女人呢！」

「完全沒有好不好，才害得我疲於奔命。」

直率反駁後，結朱不滿地哼了一聲瞪著我。

「怎麼，跟我在一起，你有什麼不滿嗎？」

「沒有不滿，只是不知道為什麼要跟我在一起。」

「不是有句話說，所謂的朋友就是即使沒有理由也可以待在一起。欸，我想邊緣陰角的大和應該不會懂吧。」

「這種回覆讓我完全感受不到友情的存在呢，妳啊。」

看到我失望的樣子，結朱開心地笑著。

「因為大和就喜歡這樣的我，我也要回應大和的愛情囉。」

「不要擴大解釋，才沒有什麼愛情。」

雖然斷然否認，卻拿得意忘形的結朱毫無辦法。

「咦，你好像說過『我最喜歡發自內心露出笑容的結朱了。最愛妳了，永遠在一起吧。』。真是的，對我充滿愛意呢。」

「喂，不要擅自竄改別人話中的意思！啊，真是的，又犯同樣的錯誤了。明明知道這傢伙絕對是失落的時候比較可愛，卻做了多餘的事情落到這種下場。真是學不乖啊，我。」

我因為後悔而深深嘆了口氣，相反的，結朱打從心底感到開心。

「不過呢，我也比較喜歡現在的自己喔。明白大和會愛上我的魅力喔。我也比那個時候的自己，更加喜歡你喜歡的我呢。」

「……從妳跟我告白開始，就一直是個從未改變過的自戀狂呢。」

我感到愕然，也稍微感到開心。

享受獨處的我，跟被眾多朋友圍繞的結朱。

那樣的兩人，想看一點跟平常不同的東西時，很自然會聚在一起。

兩人那樣的距離感，讓人覺得舒適。

這樣的日常一定是，結局後的後日談。

結束一段故事後的最大報酬，就是新日子的開始。

「不過啊，跟剛開始的時候不同，我是真的喜歡大和喔？」

「怎、怎麼突然說這個。」

「只是直率地說出心情而已喔。哎呀，原本以為自己是個完美的女人，沒想到卻有挑男人的眼光不行這種弱點呢。」

「現在發現更致命的弱點呢！妳真是最不會告白的人類！」

「好啦好啦，別生氣。剛剛那些，是很努力在掩飾我的害羞呢。因此，我已經用盡全部的勇氣了，不滿的話，下次就換大和跟我告白吧！」

「不可能不可能不可能。我可沒有那種在被那樣的嫌棄後還能告白的鐵之心。」

「你真的很弱耶。明明是能讓我成為真正女友的千載難逢機會。」

「才不是什麼機會！」

……欸，偶爾的我行我素就睜一隻眼閉一隻眼吧。

——如此這般，我們的後日談還在繼續。

後記

對初次見面的人說聲初次見面，對不是初次見面的人說聲好久不見。

我是三上庫太。

本作是獲得第二十五回スニーカー大賞的特別賞的作品。

上個月（指日本）發售的《非常規傭兵的天空遺跡攻略（暫）》同時獲獎的作品。

再次大力感謝評委大家。

那麼，來談談作品的內容吧。

這次是陰角與現充的戀愛喜劇，在描寫結朱的時候非常愉快。

有特點的角色相當容易撰寫，因為下筆的時候輕鬆愉快，總之就是寫得順利。

讀者們如果也能享受她自戀的樣子，我深感榮幸。

由於沒剩多少頁數了，迅速進入謝詞。

感謝描繪絕讚圖片的 **saine** 大人。

感謝給予兩作品全面照料的責編大人。

感謝校對大人、設計大人等等，所有為此書花費心力的人。

更感謝願意讀到此處的讀者大大們。

真的是非常感謝。

期待能於下個作品再度相會。

三上庫太

國家圖書館出版品預行編目資料

快跟超可愛的我交往吧！/ 三上庫太作 ； 橘子璋譯 . -- 1 版 . -- 臺北市 ：城邦文化事業股份有限公司尖端出版 ：英屬蓋曼群島商家庭傳媒股份有限公司城邦分公司發行，2022.07-
冊 ； 公分
譯自：とってもカワイイ私と付き合ってよ！
ISBN 978-626-338-014-1（第 1 冊 ：平裝）

861.57 111007140

浮文字

快跟超可愛的我交往吧！
（原名：とってもカワイイ私と付き合ってよ！）

著　　者／三上庫太
繪　　者／saine
譯　　者／橘子璋
執 行 長／陳君平
美術總監／沙雲佩
國際版權／黃令歡、梁名儀
榮譽發行人／黃鎮隆
美術編輯／方品舒
文字校對／施亞蒨
協　　理／洪琇菁
執行編輯／曾鈺淳
內文排版／謝青秀
總 編 輯／呂尚燁
企劃宣傳／楊玉如、施語宸、洪國瑋

出　　版／城邦文化事業股份有限公司 尖端出版
台北市中山區民生東路二段一四一號十樓
電話：（〇二）二五〇〇—七六〇〇
傳真：（〇二）二五〇〇—二六八三
E-mail: 7novels@mail2.spp.com.tw

發　　行／英屬蓋曼群島商家庭傳媒股份有限公司城邦分公司 尖端出版
台北市中山區民生東路二段一四一號十樓
電話：（〇二）二五〇〇—七六〇〇（代表號）
傳真：（〇二）二五〇〇—一九七九

中彰投以北經銷／楨彥有限公司（含宜花東）
電話：（〇二）八九一九—三三六九
傳真：（〇二）八九一四—五五二四

雲嘉以南／智豐圖書有限公司
（嘉義公司）電話：（〇五）二三三—三八五二
傳真：（〇五）二三三—三八六三
（高雄公司）電話：（〇七）三七三—〇〇七九
傳真：（〇七）三七三—〇〇八七

香港經銷／一代匯集
香港九龍旺角塘尾道六十四號龍駒企業大廈十樓 B&D 室
電話：（八五二）二七八三—八一〇二
傳真：（八五二）二五八二—一五二九

新馬經銷／城邦（馬新）出版集團 Cite（M）Sdn. Bhd.
E-mail: cite@cite.com.my

法律顧問／王子文律師　元禾法律事務所
台北市羅斯福路三段三十七號十五樓

二〇二二年七月一版一刷

■中文版■

郵購注意事項：
1.填妥劃撥單資料：帳號：50003021戶名：英屬蓋曼群島商家庭傳媒(股)公司城邦分公司。2.通信欄內註明訂購書名與冊數。3.劃撥金額低於500元，請加附掛號郵資50元。如劃撥日起 10～14日，仍未收到書時，請洽劃撥組。劃撥專線TEL：(03)312-4212 ・ FAX：(03)322-4621。E-mail：marketing@spp.com.tw